오늘 하루도 선물입니다

오늘 하루도 선물입니다

김하종 짓고 엮음 · 김세희 옮김

김하종 신부와 거리의 친구들이 함께한
'안나의 집 25주년' 기념 감사의 기도

니케북스

김하종 시인의 눈물에 대해

김세희(방송작가/옮긴이)

일주일에 한 명씩 종교인 관련 다큐멘터리를 만들던 시절, 신부님과의 작업을 위해 안나의 집을 찾았을 때 김하종 신부님의 한 손에는 밥주걱이, 다른 한 손에는 펜이 있었다. '하루도 빠짐없이' 형제자매들을 향해 쏘아올리는 신부님의 SNS에는 때로는 깊은 종교적 사유가, 때로는 생생한 현장의 기록이, 때로는 촉촉한 시가 그리고 무한한 사랑이 살아 숨 쉰다. 신부님은 철학자이자, 시간기록자이며, 사랑을 노래하는 시인이다. 신부님의 손끝에서 태어난 문장들은 바람처럼 흘러와 우리의 마음을 흔들고, 깊은숨을 내쉬게 하며, 우리가 지금 어디에 있는지 돌아보게 하고, 사랑이란 무엇인지 생각하게 한다.

거리의 친구들을 위해 매일매일 메뉴를 고민하고 새 밥

을 지어주는 것처럼, 신부님은 매일매일 SNS에 올릴 소재를 찾아내고 새로운 이야기로 우리에게 말을 걸어주신다. 감당하기 버거운 절망과 마주한 날에도 글을 올리신다. 힘든 일을 겪으시고 주님 앞에서 무릎 꿇고 통곡한 날에는 신부님의 글에 피눈물이 새겨져 있다.

코로나가 기승을 부리던 때, 명동성당 앞에서 우연히 신부님을 만났다.

"코로나로 이탈리아에 있는 가족들을 만나지 못해 어떻게요?"

의례적인 인사를 건넸고, 주님의 사랑 덕분에 괜찮다는 답변을 예상했다.

하지만 질문을 들으신 신부님의 커다란 눈망울에 순식간에 눈물이 차올랐다. 아래에서 위로 눈물이 밀어 올라가듯 차올라 넘쳐났다. 어디선가 본 장면이었다. 바로 '쓰나미' 영상이었다. 물은 위에서 아래로 흐르는 것이 순리이건만, 땅속 깊은 곳의 균열로 물리적 법칙을 거스

르고 일어나는 해일 쓰나미. 절망과 무력함과 고독함 속에서 신부님은 마음의 균열과 지각변동을 감내하고 있는 듯했다.
코로나로 만날 수 없는 가족들을 시간 여행 속에서 만난다면 위로가 되지 않을까? 앞치마를 입은 지 30년을 맞아 책을 준비하신다는 말씀에 사제가 되던 날부터, 어린 시절의 기억, 한국 땅을 밟던 날의 벅찬 마음 등 인생 여정을 돌아보면 어떨지 말씀드렸다.
세상에 둘도 없을 정도로 성실한 김하종 작가님은 이탈리아에 있는 가족들까지 동원해 옛 기억들을 차곡차곡 정리했고, 단어 하나하나 고심하며 문장을 새겨나갔고, 때로는 불러주었고, 그동안 꼭꼭 담아두었던 추억의 조각들을 이어나가셨다. 그렇게 해서 탄생한 책이 첫 자서전《사랑이 밥 먹여준다》이다.

난독증이 있는 신부님은 마지막 퇴고를 위해 내게 낭독 작업을 부탁했다. 그 작업은 3일 동안 아침 7시 30분부터 한 프랜차이즈 카페에서 이루어졌는데, 첫 문장을 읽어나가는 순간부터 신부님은 우셨다. 수도꼭지에서 물이 흘러나오는 것처럼 우셨다. 한 인간의 몸에서 저토록 많은 눈물이 단시간에 빠져나오면 큰 탈이 나는 것은 아닌지 걱정됐지만, 모른 척 휴지를 건네드렸다. 내가 할 수 있는 일은 그것밖에 없었다. 그리고 여쭤봤다.

"왜 우세요?"

신부님은 "책 속에 나오는 어린 시절 친구들이, 젊은 시절 엄마 아빠가, 성남 공부방에서 만났던 학생들이 바로 그때의 얼굴로 지금 내 눈앞에서 인사를 건네요"라고 말씀하셨다.

2시간 정도 흘러 신부님의 눈물로 카페의 휴지 상자를 2통 넘게 비웠을 때쯤 신부님은 어김없이 이렇게 말씀하셨다.

"저는 이제 밥을 하러 안나의 집으로 가야 합니다."

그 3일 동안 신부님이 그토록 절절한 그리움의 눈물을 토하듯 쏟아낸 후, 밥을 지었다는 사실을 아는 사람은 많지 않으리라. 그렇다면 25년 동안 신부님은 얼마나 많은 눈물을 삼키며 밥을 지은 것일까? 오직 주님만이 아실 것이다. 안나의 집 25년이야말로 눈물과 은총이, 상처와 보람이, 고뇌와 희망이 씨실과 날실처럼 교차하는 한편의 서사시인지 모른다.

33년 전 슈트케이스 두 개 들고 약속의 땅, 한국 땅을 밟았던 가난했지만 창창했던 청년 사제는 이제 백발의 사제가 되었다. 신부님은 올해 2023년 5월로 이탈리아에서 지낸 시간보다 한국에서 보낸 시간이 많다며 '진짜 한국인'이 됐다고 감격해하신다.

하지만 자전거 라이딩만큼은 젊은이들과 겨뤄도 뒤지지 않는다던 신부님이 이제는 관절 곳곳이 아파 자전거를 아예 탈 수 없는 날이 많다고 한다. 이제 잠들기 전, 묵주를 어루만지며 고향의 어머니와 마음속 대화를 나눈다고 말씀하신다. 수천만 개의 쌀 포대를 날라야 했던 66세의 목과 어깨의 통증은 어느 정도인지, 한국에 온 뒤 20번도 만나지 못한 어머니를 향한 보고픔은 어느 정도인지 궁금했지만 묻지 않았다. 들어도 알 수 없고 짐작조차 할 수 없는 아픔과 그리움일 것이기에.

하지만 이것만은 알고 있다. 신부님의 눈물을 헛되지 않게 할 방법은 안나의 집이 걸어온 길이 결코 끊어지지 않도록 사랑으로 하나 된 우리들이 이어가는 것! 황야를 만나면 두 손으로 돌을 치우고, 가파른 산을 만나면 손잡고 함께 오르자. "사랑, 사랑 또 사랑하라"는 신부님의 단순하지만 명백한 말씀은 우리가 가야 할 곳을 알려주는 따뜻한 지도가 되어줄 것이다. 그 길은 낮은 곳의 이웃들을 새롭게 살게 하는 부활의 선물이 될 것이며, 왜 살아가야 하는지를 일깨우는 우리 자신을 위한 구원의 여정이 될 것이다. "삶은 사랑하기 위해 주어진 짧은 선물"* 김하종, 이기에.

안나의 집 25주년, 신부님의 눈물을 지우며 '보시니 참 좋은' 그 길을 이어갈 수 있는 힘과 용기 그리고 사랑이 바로 우리 두 손 안에 있다.

---

* 《사랑이 밥 먹여준다》(마음산책, 2021) 중에서

희망

이성애

새롭게 열리는 시간 속
초록빛 소망으로
문 활짝 연 안나의 집
가난한 마음 채워주시는
파란 눈의 김하종 신부님

허리 굽힌 사랑으로
낡은 앞치마 동여매시고
섬기신 삼십 나이테
거리의 친구에게
드려진 한 끼는 기쁨의 성찬식

사랑합니다 식사하세요 외치시며
날이면 날마다 따뜻한 미소로
건네시는 소중한 한 끼
섬기시는 그 손길은
성스러운 미사

피곤함 내려앉은 저녁
주님의 가르침 따라
외로운 눈물로
늘 푸르른 날 기원하시는
김하종 신부님

세상에서 가장 아름다운 희망입니다.

감사

이기찬

먹고 살기 위해서 배고픈 사람들이
줄을 서서 기다리고 있습니다.
식사 시간에만 용감한 사람들 때문에
오늘도 시시비비가 벌어졌습니다.
입만 열면 불평불만이 터져 나오고 원성이 높아집니다.
그러다 보니 사람들의 얼굴에서
웃음이 사라진 지 오래입니다.
그런데 주방에서 봉사하시는 분들의
얼굴을 바라보았을 때
주님의 사랑을 느낄 수 있었습니다.
넉넉한 마음과 기쁨과 감사의 모습을

보았기 때문입니다.

하루 종일 수고하고도 밝은 얼굴로 대해주시니

말로 표현할 수가 없는 큰 감동을 받았습니다.

지금은 아무리 애써도 감사가 되지 않지만

이제부터라도 모든 생각과 새로운 마음으로

감사하는 삶이 되도록 하겠습니다.

먹어도 배고프고, 돈이 있어도 가난하고,

몸도 상하고 마음 편안하게 누울 자리가 없지만,

옷 한 벌에도 감사하고 밥 한 끼에도

감사하며 살겠습니다.

먼저 감사하는 삶과 인생이 되겠습니다.

주님의 사랑 안에서, 하느님께서 함께하심을 느낍니다.

오늘도 마음의 굶주림을 치유하시는

김하종 신부님의 따뜻한 말씀이 있습니다.

"맛있게 드십시오"

차례

4장 • **겨울에도 온기를 잃지 않는 햇살처럼**

Part 2
이웃과 함께한 안나의 집

유난히 햇살이 따스하고 아름다웠던 5월의 어느 날이었습니다. 평화의 집 앞마당에 장미꽃이 활짝 폈습니다. 빨간 장미, 하얀 장미, 분홍 장미. 저마다 다채로운 빛깔의 꽃송이들이었습니다. 그 빛나던 봄날에도 저는 늘 그렇듯이 평화의 집에서 가난한 어르신들을 섬겼고, 제 마음에는 기쁨과 보람이 가득했습니다.
평화의 집에서 하루 일과를 마치고 주방을 정리하고 있는데 한 점잖은 분이 찾아와 잠시 시간을 내줄 수 있는지 물었습니다. 저는 그에게 커피를 권하며 마주 앉았습니다. 그렇게 우리 둘의 대화가 시작됐습니다.

"제 이름은 오마테오입니다. 저는 시장 앞에 있는 모란역 근처에서 큰 식당을 운영하고 있습니다. IMF로 큰 금

융위기가 찾아온 후 시장 광장 앞에는 매일 새벽 5시부터 일자리를 찾는 수많은 실업자들이 몰려들고 있어요. 이들 대부분은 하루에 한 끼조차 먹지 못해요. 이분들의 말씀으로는, 평화의 집 신부님이 어려운 할머니 할아버지들에게 따뜻한 밥을 주신다고 하더라고요.

그런데 제 생각에는 외로운 노인분들보다 이 실업자들이 지금 더 큰 문제인 것 같아요. 일자리를 잃고 먹을 것도 없는데 한 가정을 책임져야 하는 아직은 젊은 아버지들이 너무 많아요. 만약 신부님이 거리를 헤매는 실업자들도 도우실 계획이 있다면 제가 나서겠습니다. 신부님이 제 식당의 일부를 편하게 사용하실 수 있게 해드리고, 식사를 후원하겠습니다. 많은 가장들이 굶어가며 일거리를 찾아 거리를 방황하는 게 너무 가슴 아파요."

마테오 님의 생각지 못했던 제안에 제 가슴은 뛰기 시작했습니다. 저는 물었습니다.

"왜 그런 생각을 하셨습니까?"

마테오 님은 이렇게 대답했습니다.

"저의 어머니는 한국전쟁 때 북한에서 남한으로 피란 내려온 실향민이셨습니다. 먹여 살려야 할 자식이 한둘이 아닌데 너무너무 가난하셨어요. 그럼에도 그 어려운 시절을 이겨낼 수 있었던 것은 주위 이웃분들 덕분이라고 늘 말씀하셨어요. 그분들이 참 아낌없이 도와주셨다고. 이제는 제가 이웃들의 사랑에 보답할 때라고 생각해요. 지금의 어려운 시기를 이겨낼 수 있도록 지역사회를 돕고 싶어요. 아, 우리 어머니 세례명이 '안나'예요."

마테오 님의 사랑의 마음이 반석이 되어, 1998년 7월 7일 IMF 위기 한가운데서 안나의 집이 문을 열었습니다. 1993년 문을 열었던 평화의 집은 다른 단체에 인계했고, 이렇게 새로운 분들과 안나의 집을 시작했습니다. 처음에는 밥 먹으러 오는 사람이 80명도 되지 않았습니다. 그런데 밥을 준다는 이야기가 퍼지자 찾아오는 사람들이 하루가 다르게 늘어났고, 시작한 지 몇 주만에 밥을 먹으러 찾아오는 노숙인, 실업자들이 200명을 넘어섰습니다. 마테오 님의 식당으로는 그분들을 감당할 수 없었습니다. 다행히 1998년 말, 성남동성당 서종엽(라파엘) 신부님의 도움으로 성남동성당 한 켠의 오래된 조립식 건물로 이사할 수 있었습니다. 이때부터 안나의 집의 놀라운 여정이 시작되었습니다.

안나의 집 25주년, 메르스와 코로나라는 끔찍한 시기에도 안나의 집은 문 닫는 일 없이 우리 사회의 가장 가난한 이웃들을 무조건 환영하고, 사랑하고, 섬겼습니다. 이 모든 은혜로운 이야기가 가능했던 이유! 바로 내가 가진 것을 이웃들과 나눌 때 더 아름다운 세상을 만들 수 있다는 믿음을 가진 선한 분들이 여전히 우리 사회에 많기 때문입니다. 보다 정의롭고 더불어 살아가는 세상은 개인적인 헌신이 바탕이 됩니다.

사랑하는 후원자와 자원봉사자 덕분에 그 어떤 순간에도 안나의 집은 이웃들을 안아주고 나눠주고 의지할 수 있는 둥지가 될 수 있었습니다. 안나의 집은 벽돌과 콘크리트로 지어진 차가운 건물이 아닙니다. 가난한 이웃들을 감싸 안는 후원자, 봉사자들의 아름다운 영혼과 사랑이 살아 숨 쉬는 선량한 마음의 둥지입니다. 매일매일의 기적 같은 안나의 집의 역사가 가능했던 것은 수천 자원봉사자들의 헌신과 후원자들의 사랑의 마음 덕분이었습니다. (안나의 집 예산의 50%는 나라의 보조금으로, 나머지 50%는 기부와 사랑으로 채워왔습니다. 그 덕분에 지금까지 약 3백만 명에게 식사를 대접할 수 있었습니다.)

이 책은 25년 동안 안나의 집을 함께 세우고 지켜준 바로 여러분에 대한 감사의 합창입니다. 여러분의 진실한 사랑과 아낌없는 도움 덕분에 안나의 집은 사람 향기가 가득한 온기로 채워질 수 있었습니다. 영어로 보내준 글을 기꺼이 자원봉사로 우리말로 옮겨준 김세희 작가, 안나의 집에서 발간한 문집들을 읽으며 쉼터의 청소년들과 노숙인들의 시를 골라준 이성애, 김지연 그리고 안나의 집 직원들에게 다시 한번 감사드립니다. 그리고 이 책뿐만 아니라 안나의 집 청소년쉼터 프로그램을 후원하며 아이들의 글과 그림을 수년째 책으로 만들어주시는 니케북스 이혜경 대표님에게도 특별한 감사의 마음을 전합니다.

그렇습니다! 이 책은 거리의 친구들과 쉼터의 청소년들, 그리고 저의 시가 어우러진 합창입니다. 안나의 집을 도와주시고 후원해주시고 언제나 기도해주시는 바로 당신을 위한 '감사의 합창'이 되어, 세상에서 가장 아름다운 울림이 되어, 당신의 마음에 닿기를 소망합니다.

오늘 안나의 집 25주년을 경축합니다! 경이로운 오늘을

안나의 집 사옥 변천사

1998~2008년

2008~2018년

2018~현재

맞이할 수 있었던 것은 안나의 집이라는 아름다운 꿈을 꾸며, 안나의 집을 함께 짓고 도와주시고 후원해주시고 오직 사랑으로 동행해주신 여러분 덕분입니다. 후원자, 자원봉사자, 안나의 집 직원들에게 진심으로 고개 숙여 감사드립니다.

김하종 올림

Part 1

사랑의 고백 감사의 기도

1장

안아주고 나눠주고 의지가 되어주는 집

황금 같은 시간이여!

모든 사람의 삶에는 마법과 같고,
무엇과도 바꿀 수 없이 특별하며,
완벽하게 경이로운 순간들이 있습니다.
우리는 흔히 그 순간을 '골든타임'이라 부릅니다.

우리 안나의 집에도
역시 이런 기적과 같은 놀라운 시기,
골든타임이 있습니다. 바로 7월입니다.

먼저 2006년 7월 1일,
집 없이 거리를 방황하는 청소년들을 위한
'푸르미 쉼터'가 탄생했습니다.

그리고 2013년 7월 1일,
노숙인들의 홀로서기를 돕기 위한
안나의 집 자활프로그램이 시작했습니다.
이 자활프로그램을 통해 우리는 거리의 친구들에게
깨끗한 잠자리를 제공했고,
일할 수 있는 기회를 선물하며,
새로운 삶을 시작할 수 있도록 도왔습니다.

7월의 황금 같은 기적은
안나의 집 출발에도 깃들어 있습니다.
1998년 7월 7일은 안나의 집의 생일입니다.
시간을 거슬러 25년 전 7월 7일,
배고픈 노숙인들의 허기를 채워주는
저녁 급식을 시작했습니다.
7월 무더운 여름에 시작된 밥 한 그릇의 사랑!
세월이 흘러 어느새 거의 3백만 그릇의 식사를 선물했습니다.

다시 일어설 수 있는 3백만 번의 힘과 용기가 되었기를
기도합니다.
여기서 끝이 아닙니다.
2015년 7월 9일,
안나의 집에서는 가족으로부터 멀어져
춥고 어두운 밤을 방황하는 청소년들을 돌보는
큰 버스를 마련했습니다.
바로 '아지트AZIT' 프로그램입니다.
우리는 버스를 타고 거리를 누비며
거리를 배회하는 청소년들의 손을 잡아주었고,
고민에 귀 기울이고, 먹거리를 제공하며,
이름 그대로 '아지트', 따뜻한 둥지가 되주었습니다.

저는 때때로 이 7월의 황금 같은 기적들이
우리에게 어떤 의미가 있는지 돌아봅니다.
7월에는 장마가 있고 큰비가 내리는 시기입니다.
천상의 축복 같은 빗물이 하늘에서 내려와

논밭을 기름지게 하고,
풍요로운 땅이 되어 우리에게 맛있고
향기로운 먹을거리를 제공합니다.

푸르미 쉼터, 홀로서기를 돕는 자활프로그램,
배고픈 노숙인들을 위한 무료급식,
그리고 청소년들을 위한 아지트 프로그램 역시
인생의 메마른 땅을 촉촉하게 적시며,
고된 삶을 위로하는 단비와 같습니다.
모든 이들에게 축복의 단비가 되어,
언젠가는 삶의 풍성한 결실로 이어질 것입니다.

그렇습니다.
저에게 7월은 주님의 크나큰 축복들이
하늘에서 내려오는 시간,
바로 안나의 집의 '골든타임'입니다.

주님과 함께하는 하루

앞치마를 두른 지 삼십 년
저의 하루는 단순합니다.
새벽 다섯 시에 일어나
한 시간 정도 책상 앞에 앉아
안나의 집과 관련된 일을 하고
때로는 자전거를 타고 30km를 달리고 돌아옵니다.
그리고 성체를 모시고 있는 감실에서 기도를 올립니다.
안나의 집으로 향하기 전,
돌보고 있는 청소년들의 쉼터를 살핍니다.

아침 10시,
안나의 집에 도착합니다.

오후 1시,
찾아와주신 자원봉사자분들과 인사를 하고,
노숙인 친구들을 위한 식사를 본격적으로 준비합니다.
오후 4시 30분,
400~500명 가까운 노숙인 친구들에게 일용할 양식을
선물합니다.
저녁 7시가 넘어 집에 돌아오면,
제 육신의 모든 에너지가 빠져나간 듯 지치고 맙니다.

코로나 속에서
다른 급식소들이 문을 닫는 상황이 벌어졌지만
안나의 집은 단 하루도 문을 닫은 날이 없었습니다.

주님이 거친 광야로 찾아와
제 손을 붙들어주셨기에
봉사자와 후원자분들이
무거워진 제 십자가를 함께 들어주셨기에

하루하루 기적을 만들 수 있었습니다.
아침에 눈을 떠
가장 먼저 주님의 사랑을 생각합니다.

달라질 것 없는 하루지만
주님의 사랑으로
제 삶은 눈부신 빛으로 가득 차 있고
기쁨으로 시작할 수 있는
새로운 힘을 얻습니다.

주님의 사랑은
저의 오늘을 일으켜 세우시는
아침의 태양입니다.

솟아오르는
태양을 바라보면서
제 몸을 채우는 새로운 에너지를

저의 정신에 깃드는 기쁨을
제 영혼을 설레게 하는 희망을
느낍니다.

언제나 그리고 영원히
주님의 사랑과 함께하는
저의 하루입니다.

우리들의 성찬식

저는
스테인드글라스 창문으로
햇볕이 들고
향의 연기가 피어오르는
웅장하고 거대한 성당에 있지 않습니다.
대신,
어둑한 그림자가 깃들고
반찬을 만드는 삶의 냄새가 짙게 스민
안나의 집 주방에 있습니다.

저는
값비싼 전례용 의상을 갖춰 입고

아름다운 대리석 제단 앞에
서 있지 않습니다.
대신,
너덜너덜 낡은 앞치마를 입고
철제 싱크대 앞에서
몇 시간 동안 허리를 굽히고
설거지를 합니다.

저는
믿음과 기쁨으로 찬송가를 부르며
주님을 찬양하는
선량한 신자분들에게
둘러싸여 있지 않습니다.
대신,
한 끼의 밥이 삶의 구원이 돼버린
굶주린 형제자매들과
함께 걷고 있습니다.

오늘도 여기,
어둑한 안나의 집 주방에서
저는 '나만의 성찬식'을 경배합니다.
성스러운 말과 엄숙한 전례의식 대신,
땀과 피곤함이
저를 감쌉니다.

성찬식은 하나의 빵과 한 끼의 밥이
주님의 몸으로 변해가는 시간.
제 육신은
지금 여기 안나의 집으로
한 그릇의 밥을 구하러 온
비참한 형제자매들을 위해
봉헌됩니다.

이 시간 속에서
저는 성스러운 미사가

우리 삶에서
멀리 떨어져 있는 의식이 아니라는 것을
깨닫습니다.

가난한 이웃들을 위해
삶을 헌신하는
형제자매들과 함께하는 시간,
이 매일매일의 일상이 저만의 미사입니다.

저만의 특별한 미사는
우리 생의 모든 남루한 순간들을
사랑으로 바꾸어 놓습니다.
우리는
연대감으로 하나 된
사랑의 공동체가 됩니다.

이토록 경이롭고 신비로운

삶의 시간이여!

바로 이 순간이

나와 당신의 매일매일의

아름다운 성찬식입니다.

성스러운 목요일

목요일,

저는 제가 얼마나 운이 좋은 사람인지 깨달았습니다.

어쩌면 저는 예수님보다 운이 좋은지도 모릅니다.

실제로 주님이 그의 제자들을 마지막 만찬에 초대했을 때

예수님은 '유다'를 친구로서 옆자리에 앉혔지만

몇 시간 후에 유다는 키스와 함께 주님을 배신했습니다.

목요일,

안나의 집에는 거리의 친구들이

저녁 식사를 위해 식탁에 모였습니다.

저는 가난한 이들을 위해

30년 동안 정성스럽게 저녁 식사를 준비할 뿐만 아니라

함께 기쁘게 똑같이 식사합니다.
제가 노숙인 친구 옆에 앉아 식사하려 하는데
한 친구가 나의 손을 막으며 소독된 휴지를 내밀었습니다.
그러면서 이렇게 말했습니다.

"소독을 잘하세요. 신부님.
코로나는 아주 위험하고, 신부님은 건강하셔야 해요.
빨리 소독하세요."

저는 저를 걱정하며 애정으로 대해주는 친구의 배려에
깊은 감동으로 가슴이 뜨거워집니다.
예, 그렇습니다
저는 예수님보다 운이 좋습니다.
신성한 목요일에 주님은
그의 옆자리에 친구를 앉혔지만
결국 배신당하셨습니다.
하지만 저의 목요일에는

노숙인 친구가 제 옆자리에서
섬세한 사랑으로 소독된 휴지를 건네며
제 건강을 걱정해주었습니다.

주님께 감사합니다.
제 인생 여정을 이토록 착하고
서로가 서로에게 기댈 수 있는
거리의 친구들과 함께
걸어갈 수 있게 해주심에 감사드립니다.

기도

주님은 남자와 여자를 창조하시고 축복하신 후
우주를 맡기셨습니다.
주님이 언제나 함께하시기에
보다 살기 좋은 세상을 만들 수 있습니다.

주님은 의학과 과학기술을 통해
세상을 더욱 아름답게 만들 수 있는 지능을 주셨습니다.

주님은 연대와 나눔을 가르쳐주시며
보다 정의로운 세상을 살게 하십니다.

주님은 인류에게 사랑의 방법을 보여주시며

모든 이가 더욱 행복하게 만들어주십니다.
주님은 혼자서도 그 모든 것을 해내실 수 있지만
우리의 손으로 이 우주를 더욱 아름답게 만들기를 소망
하십니다.

오늘 이 자리에 모인 우리가 당신의 두 손이 되어
안나의 집에 찾아오는
가난한 이웃들을 돕고 섬길 수 있도록
도와주소서.

새로운 희망

앞치마 입고 삼십 년 동안
힘들고 지쳐 주저앉고 싶은 순간도 참 많았습니다.
절망의 순간순간
저는 작은 기도실에서 무릎을 꿇고
주님께 부탁드렸습니다.
"왜 이런 시련을 겪어야 합니까, 한 말씀만 해주소서"
하지만 주님께서
단 한 말씀도 해주지 않았던 순간이 더 많습니다.
그래도 저는 그림자에 물들지 않고
빛을 찾았습니다.

눈을 뜨면

언제나 새로운 하루는 시작되고
새로운 희망이 숨겨져 있었습니다.
이것이야말로 믿을 수 없을 정도로 기쁜
우리 삶의 기적이고
우리를 지켜주는 주님의 영원한 사랑입니다.

한 말씀보다 더 많은 이야기를 해주시는
주님의 큰 사랑 안에서
우리는 원죄를 딛고 영원한 축복 '원복'을 향해
걸어갑니다.

안나의 집은

안나의 집은
인간답게 살 수 있는 기반을 선사하고 있습니다.
이뿐만이 아닙니다.
배고픈 이들의 몸과 마음의 허기를 채워주는
아름다운 식당입니다.

외로운 노숙인에게는 가족입니다.
고생하는 이에게는 안식처입니다.
아픈 이에게는 긴급 야전병원입니다.
가난한 이에게는 미래를 열어주는 집입니다.
혹한에 시달리는 이에게는 따스한 둥지입니다.

후원자들과 봉사자들이
사랑과 나눔을 실천하고 있는 안나의 집은
이름 그대로
"안아주고 나눠주고 의지가 되어주는 집"입니다.

예수님의 말씀으로 지어진
부활의 둥지입니다.

나의 친구들

제가 신부가 된다고 했을 때
삼촌은 제게 이렇게 말씀하셨습니다.

“사랑하는 내 조카야!
신부가 되면 너에게 진정한 사랑이 무언지 가르쳐주는
훌륭한 분들과 친구가 될 수 있을거야.”

삼촌의 말은 맞았습니다.
김밥 싼 호일로 꽃을 말아 선물해주는 할머니,
밥 한 그릇으로 힘을 얻어
홀로서기에 성공한 노숙인 형제들,
오후 1시면 어김없이 안나의 집을 찾아와

앞치마를 두르는 자원봉사자분들,
코로나로 빠듯한 형편임에도
사랑을 선사해주시는 후원자분들,
이들이 저의 너무나 훌륭한 친구들입니다.

저의 친구들은
부드럽고도 위대한 강물의 흐름과 같은 사랑으로
제 외로움을 녹여줍니다.
친구들의 사랑은
향기로운 기름이 되어
제 연약한 영혼을 감싸줍니다.
한국 형제자매들과의 우정이
제 영혼을 위로해주고 고난을 녹여줍니다.
제 마음을 평화와 기쁨으로 채워줍니다.

새벽녘,
주님이 창조하신 이 우주가 하루를 시작할 때,

첫 햇살이
제 친구들의 하루에 스며들어
조용하고 다채로운 빛으로
에너지와 힘을 선물해주기를,
제 진실한 사랑의 빛나는 조각들이
사랑하는 친구들의 마음에 박혀
진정한 기쁨과 영원한 행복을
선물해주기를 기도합니다.

쓰레기통 뒤지는 여인

여느 때와 다름없는 이른 아침,
안나의 집에서 돌보고 있는 청소년쉼터로 향했습니다.
차에서 내렸을 때 이상한 낌새가 보였습니다.
젊지도 늙지도 않아 보이는 한 여자가 쓰레기통을 뒤지고 있었습니다.
조심스럽게 그분에게 다가가 보니 그분은 먹을 것을 찾기 위해 쓰레기통을 뒤지고 있었습니다.
저는 친절하게 그분에게 물었습니다.
"배고프신가요?
근처에 편의점이 있어요.
먹을 게 필요하시면 말씀하세요."
"아니에요"라고

그분은 예의 바르게 대답했습니다.

그리고 말을 이어갔습니다.

"지금 추석 명절 기간이라 사람들이 쓸 만한 것들도 많이 버리고 있고, 쓰레기통에 먹을 것도 많아요."

저는 그분을 조심스럽게 살펴보았습니다.

그분은 30대 정도로 보이는 보통 사람과 다르지 않은 여성이었지만, 손질되지 않은 긴 머리카락과 해어진 옷이 그녀가 노숙인임을 이야기해주었습니다.

저는 그분에게 말했습니다.

"혹시 안나의 집을 아시나요?

가까운 곳에 있고, 당신은 거기에서 제법 근사한 저녁을 먹을 수 있어요."

저는 안나의 집이 어디 있는지 설명하고 제 명함을 그분에게 건넸습니다.

"꼭 오세요. 저는 기다릴 겁니다."

하지만 그녀는 찾아오지 않았고, 이 위험 가득한 도시에서 젊은 여성으로서 녹록치 않을 삶을 살아갈 생각을 하자 제 마음은 고통으로 가득 찼습니다.

그날 저녁, 집에 돌아와 예수님 앞에 무릎을 꿇었습니다.

그리고 주님께 말씀드렸습니다.

"감사합니다. 주님.

주님은 오늘도 저에게 일용할 빵을 주셨습니다.

하지만 모든 이들에게 일용할 양식을 선사해주소서.

그리고 제가 주위의 가난한 이웃들을 찾아낼 수 있도록

세심한 마음을 가지게 해주시고,

가난한 이웃들을 언제나 환영하며

주님께서 베풀어주신 축복을 함께 나눌 수 있게 하소서."

그날 밤, 저는 길에서 만난 그분에 대한 걱정과 간절한

기도 속에서 쉽게 잠이 들지 못했습니다.

할머니를 괴롭히는 노숙인

오늘 제 영혼은 부서질 것 같았습니다.
저를 힘들게 하는 것은 아픈 손과 손목이 아니라 저의 마음을 아프게 하는 한 노숙인의 행동이었습니다.
어제 안나의 집 주방에서 일하는데 비명 소리가 들렸습니다.
저는 서둘러 큰소리가 나는 곳으로 향했고 한 노숙인이 나이 든 할머니를 괴롭히는 것을 보았습니다.
저는 입고 있던 재킷을 벗어 할머니를 보호하고 노숙인과 할머니를 떼어놓았습니다.
그때 그 남자는 저를 향해 돌아서며 제 손과 손목을 세게 물었습니다.
말할 수 없이 아팠지만 그를 할머니와 떼어놓기 위해 애썼습니다.

할머니 팔에도 멍이 들었습니다.
경찰이 와서 이야기를 듣고 자신들이 개입하거나 법적인 절차를 원하는지 물었습니다.
저는 몇 년 전부터 그 노숙인을 알아 오고 있습니다.
그는 가난하게 사는 노인이고 이미 오래전부터 여러 문제를 일으키고 있었습니다.
그에게 더 이상 안나의 집에 오지 말라고 했습니다.
이제 그가 안나의 집과 멀어져 음식을 구하는 데 어려움을 겪을 것을 생각하니 마음이 아팠습니다.
그에게 물려 아픈 손으로 저는 다시 안나의 집 주방으로 돌아왔고 아무 일 없었던 듯 언제나처럼 봉사자들과 노숙인들을 위한 저녁 식사를 준비했습니다.
그 순간 기도를 시작했습니다.
"주님, 가난한 이웃들을 주님의 자비에 맡깁니다. 부디 은총을 내려주소서."
저는 지친 마음으로 다시 가난한 이웃들을 섬기기 시작했습니다.

사순절의 망치 소리

사순절에 대해 생각하다가
21년 전 사순절에 쓴 글을 찾았습니다.
당시 '안나의 집'은 컨테이너를 개조해서 만든 소박한 건물이었고, 저는 '맥가이버'가 되어야 했습니다.
음식을 보관할 창고는 꿈도 꿀 수 없다 보니 쥐들은 참 귀찮은 손님이었습니다.

2001년 사순절,
'안나의 집'이 문을 열고 3번째 맞는 사순절입니다.
안나의 집은 컨테이너를 고쳐서 만들었기 때문에 툭하면 수도관이 터지고, 하수구는 막힙니다.
이곳저곳 고장 나는 곳도 많고 고쳐야 할 곳도 참 많습니다.

사람을 부르면 돈이 많이 들기 때문에 제가 두 팔을 걷고 수리에 나섭니다.
그래서 봉사자와 식사를 드시러 오는 노숙인 친구들은 저를 '맥가이버'라고 부르곤 했습니다.
제가 투박한 망치를 들고 무너져가는 벽과 씨름하고, 삽으로 시멘트를 푸고 전동 드릴로 하수구를 뚫을 것이라고는 상상하지 못했습니다.

사순절 기간이지만 참회 고행은 하지 않습니다.
망치와 전동 드릴을 들고 맥가이버가 되는 일이 저를 이 땅으로 보내시고 부르신 주님이 주신 사명이라고 믿게 됐기 때문입니다.
무엇보다 저를 자랑스럽게 여기게 됐기 때문입니다.
망치를 들어 올렸다가 내리고, 시멘트로 마당을 손질하는 몸짓은 주님을 향한 제 영원한 사랑으로 나아가는 고행이었고, 어깨의 통증은 주님이 제게 머무르심을 느끼며 십자가를 품는 순명의 시간이었습니다.

부활을 위해 뼈가 무너지는 고통을 감내하신 주님을 닮아가는 제 운명의 여정입니다.
어느새 이 깊은 고통과 고독이 주님을 향한 기도로 변해갑니다.
망치 소리는 부활의 믿음을 북돋아주는 세상 끝까지 닿을 것만 같은 복음의 울림이 됩니다.

사순절 동안 저는 그저 주님이 걸어가신 발자국 그 위를 따라 걷고 싶을 뿐입니다.
저를 참된 부활로 인도하시는 방법이 즐겁고 유쾌한 춤이 아니라 안나의 집에서 '충성된 종'이 되어 보내는 하루하루라는 사실이 오히려 저를 기쁘게 합니다.
시련과 고통과 가난은, 이 세 가지를 참고 견딤은 이 땅으로 부르신 주님이 보여주시는 '명백한 길'을 따르는 길입니다.

40일이 아니라 4000년 동안이라도 저는 거친 광야에서

숭고한 사명의 길을 찾아갈 것입니다. 아주 행복하게!

오늘 이탈리아의 가족으로부터 걸려온 사랑이 깃든 전화, 망치를 들고 허물어진 벽을 세웠던 시간, 그리고 구석구석 뒤지며 했던 쥐잡기가 저의 최고의 스승이기도 한 주님으로 향하는 '보시니 좋은' 발걸음이 되었습니다.

주님은 상상할 수 없는 여러 가지 얼굴로 우리 안에 머무르십니다.
때로는 한없이 슬프고 아무것도 보이지 않는 무채색의 하루와 마주하지만, 어느새 예수님의 부드러운 사랑의 응답이 햇살처럼 내립니다.
그 햇살은 부활의 환희가 깃든 영원한 구원의 길로 우리를 이끕니다.
여러분도 사순절 동안, 최고로 높으신 주님이 인도하시는 새로 태어날 수 있는 자신만의 길을 찾으시고 함께 나아가는 행복한 동행이 되시기를 기도합니다.

나를 위한 베품이 필요할 때

어느 봉사자가 저에게 말을 걸었습니다.

"신부님! 저는 우울증 때문에 정신과 치료를 받고 있습니다. 의사 선생님 말씀이, 정신과 약도 먹으면서 봉사하는 게 좋을 거 같다고 하세요. 봉사하면 본인한테 도움이 되고, 봉사하면서 다른 사람을 배려하고 사랑을 줄 수 있다고 얘기하더라고요."

어느 후원자분이 저에게 편지를 보냈습니다.

"신부님! 전 안나의 집이 필요해요. 저의 인간성 회복을 위해 선택한 것이 안나의 집 봉사이고, 그곳에서 피땀을 흘리는 사람이 되고 싶어요."

이처럼 봉사는 받는 이들에게도 사랑을 전달합니다. 그러나 무엇보다 봉사를 실천하는 저에게도 큰 도움이 되는 것을 알 수 있습니다.

봉사자가 지켜야 할 세 가지 원칙, "3A 방법"

1. Accògliere 환영
봉사자는 대상자를 기쁘게 맞이해야 합니다. 마치 친구처럼 반가운 손님을 대하듯 환한 표정으로 맞이해주세요.

2. Ascoltare 경청·공감
대상자가 하는 말을 주의 깊게, 공감하며 들어주세요. 그들에게 필요한 것, 그들이 원하는 것이 무엇인지 듣고 도울 수 있는 것을 찾아야 합니다.

3. Amare 사랑나눔
요청하지 않은 도움을 베푸는 것은 봉사가 아닌 적선입니다. 경청하며 알게 된 것을 나누어주세요. 나눔과 봉사로 사랑을 실천하세요.

나의 가장 크고 아름다운 꿈

이른 아침, 제가 안나의 집에 도착하기 전부터 몇몇 가난한 이웃들이 먼저 안나의 집 문 앞에 서 기다리고 있습니다. 저는 안나의 집이 거리의 친구들에게 집과 같은 안식처가 됐다는 것을 기쁨으로 여깁니다. 갈 곳 없었던 노숙인 친구들이 이제 안나의 집에서 환영받고, 보호받고, 사랑받는다고 느낍니다.

오전에 잠깐 사무실 밖으로 나가보면 저는 깜짝 놀라고 맙니다. 안나의 집 앞에 있는 가로수 그늘 밑에서 많은 어르신이 일찌감치 배식을 기다리고 계시기 때문입니다. 덥고 후덥지근한 날씨에 돌아다니는 게 쉽지 않아 새벽같이 찾아오신 겁니다.

이른 오후가 되면 저는 다른 봉사자들과 함께 안나의 집 바로 앞, 성당의 넓은 주차장으로 향합니다. 도시락을 나눠주기 위한 천막을 치기 위해섭니다.
지옥같이 덥습니다. 아스팔트는 신발 밑창을 태웁니다. 750명의 노숙인 친구들과 가난한 어르신들이 뜨거운 아스팔트 바닥에 앉아 있는 것을 보니 가슴이 타는 듯 아픕니다. 어떤 분들은 해진 우산을 쓰고 어떤 분들은 종이 상자를 머리에 얹어 햇빛을 가리고 있습니다. 몇몇 분들은 담벼락 근처 그늘에 그저 몸을 기댄 채 앉아 있습니다.

드디어 도시락을 나눠줄 시간, 저는 도시락을 나눠주기 전에 모든 노숙인 형제들을 향해 깊이 고개를 숙이고 진심 어린 애정을 담아 인사를 합니다. 그러고 나면 노숙인 친구들은 천막 앞으로 행진합니다. 침묵 속에서 줄을 서서 도시락을 받기 위해 천막을 향해 행진합니다.

저는 이들을 한 명, 한 명 지켜봅니다. 힘들고 지친 삶을 그대로 말해주는 거친 손, 고통과 외로움이 새겨진 주름진 얼굴을 보면 저절로 눈물이 납니다. 거의 30년 가까이 이들을 보며 살아왔습니다. 살아가면서 하나하나 배우고 깨닫지만, 노숙인 친구들이 겪는 고통만큼은 익숙해지지 않습니다. 늘 새롭고 가슴이 먹먹해집니다. 어떤 때는 노숙인들에게 풍부한 음식을 선사하는 기쁨마저 깊은 고뇌로 바뀝니다.

가난한 이웃들이 존재한다는 것은, 우리 사회에 대한 패배의 외침이라는 생각이 듭니다. 버려진 어르신들이 존재한다는 자체가 그들을 돌보지 못한 가족에 대한 절망의 외침이라고 생각합니다.

이런 생각 속에서 저는 꿈을 꾸기 시작합니다. 바로 가난한 사람들이 없는 세상을 향한 꿈입니다. 더 이상 소외된 이웃들이 생기지 않는, 그런 사회적 안전망을 갖춘 사회를 꿈꿉니다. 자식들이 연로하신 부모님을 버리지 않고,

그들이 거리로 나올 수밖에 없는 일들이 벌어지지 않는, 서로를 사랑하고 보살피는 데 부족함이 없는 사회를 꿈꿉니다.

안나의 집 문 앞에 더 이상 도시락을 기다리는 가난한 이웃들이 없기에 안나의 집 문을 열쇠로 걸어 잠그고 그 열쇠를 멀리 던져버리는 꿈을 꿉니다. 그런 다음 저의 귀여운 반려견과 함께 근처 공원에서 즐겁고 여유로운 산책 시간을 갖고 싶습니다.

누추하고 떨리는 손으로 도시락을 받아 가는 이웃들이 더 이상 존재하지 않는 세상을 마주하는 것이 저의 가장 큰 꿈입니다.

그렇습니다!
저의 가장 크고 아름다운 꿈은 안나의 집 문을 닫는 것입니다.

시선

예수님께서 물 위를 걷는 기적 기억하시나요? 이는 아름답고 경이로운 기적이기 때문에 다들 잘 알고 있습니다. 예수님께서 물 위를 걷는 기적은 저에게 깊은 의미가 있습니다. 저는 물 위를 걷는 예수님의 기적보다는 베드로가 예수님을 바라보면서 걷는 것에 집중하고 싶습니다.

우선 베드로는 예수님을 바라보면서 물 위를 잠깐 걸습니다. 아시다시피 베드로는 어부였습니다. 물 위에서 많은 시간을 보낸 베드로는 물 위를 걷는다는 것이 불가능함을 알고 있었습니다.

그럼에도 베드로는 예수님만을 바라보며 물 위를 걸습

니다. 그러다 거센 바람을 보고는 두려움에 휩싸입니다. 결국 시선을 예수님이 아니라 거센 바람으로 돌립니다.

그 결과 베드로는 물속에 빠지게 됩니다.

우리는 이 복음 말씀을 통해서 예수님을 항상 바라보는 것이 얼마나 중요한 것인지 깨달아야 합니다. 예수님께 시선을 고정한다면 우리는 어떤 어려움도 헤쳐나갈 수 있습니다. 그러나 베드로처럼 시선을 '나' 또는 '주변'으로 돌리게 되면 우리는 두려움에 휩싸이게 됩니다.

저 또한 안나의 집에서 이와 같은 체험을 하고 있습니다. 안나의 집을 운영하면서 많은 어려움이 있었습니다. 안나의 집을 모함하는 사람들도 있었고, 가난하고 고통받는 이들을 위해 하는 일을 못마땅해하고 방해하는 사람들도 있었습니다.
그럴 때마다 저는 예수님만을 바라보았습니다. 만일 제

가 어려울 때 '저'나 '제 주변'만 바라보았다면 안나의 집을 제대로 운영할 수 없었을 것입니다.

결국은 우리 모두 다 어려움 속에서 베드로처럼 '나'에 집중하고 바라보면 물에 빠지게 되고, 예수님만을 바라보면 물 위에서 예수님과 함께 할 수 있습니다.
언제나 예수님만을 바라봅시다.

어려운 이들에게 희망을

밤 10시 반 즈음이었습니다.

자려고 준비하는데 전화벨이 울렸습니다. 늦은 시간에 울리는 전화벨 소리는 항상 저를 바짝 긴장하게 만듭니다.

상대방은 아무 말도 하지 않고 계속 울기만 했습니다.

"누구세요! 누구세요!"

재차 물어보았으나 대답이 없어 끊으려는 순간,

"신부님, 전데요."

오래전부터 잘 알고 지내던 아이였습니다. 오랫동안 혼자 많은 고생을 하며 생활하는 아이여서 도움이 필요하다고 하면 조금씩 도움을 주고 있었습니다.

"너, 무슨 일이니? 왜 그러니?"

"신부님, 저 살고 싶지 않아요. 오늘이 신부님과 마지막 통화일 것 같아요."

가슴이 철렁했습니다.

"힘든 일 있으면 얼마든지 도와줄 수 있어. 그동안 잘해왔잖아. 내가 도와줄 수 있으니 그런 이야기는 하지 말고 어디 있는지 말해주렴. 만나서 자세한 이야기해보자."

"어디에 있는지 모르셔도 돼요. 오지 마세요."

그렇게 말하며 아이는 울고 또 울고 계속 울기만 할 뿐이었습니다. 어린아이가 얼마나 힘들고 고되면 해서는 안 될 생각까지 하게 된 걸까? 마음이 참으로 아파져 왔습니다.

이 어린 친구의 흥분이 가라앉아 마음을 돌려주기를 기도드리며 어렵게 어렵게 대화를 이어가며 1시간 30분 정도 통화했습니다.

"그러지 말고 어디에 있는지 알려주면 내가 데리러 갈 테니 만나자."

"아뇨, 오지 마세요."

그 아이는 단호하게 만나길 거절했습니다.

"아니야, 내가 찾아갈게, 어디 있어?"
"아니요, 오지 마세요" 하며 전화를 끊어버렸습니다.
여러 차례 전화를 다시 해보았으나 받지 않았습니다. 어디 있는지도 모르고, 안 좋은 시도를 하지 않을까 많이 걱정되었습니다. 경찰에 신고해 긴급한 상황을 보고하고 그 친구의 전화번호를 알려드렸습니다. 그리고 다시 침대에 누웠지만, 잠이 오지 않았습니다.
2시간 정도 지난 후 경찰에게서 연락이 왔습니다. 어린 친구는 무사하며 아무런 사고 없이 잘 처리되었으니 걱정하지 않아도 된다는 것이었습니다. 그때에서야 안도의 한숨을 내쉬었습니다.
"감사합니다. 고통 중에 있는 우리 이웃의 손을 잡을 수 있는 은총을 주셔서 감사합니다."

예수님은 인류 구원을 위하여 항상 손을 내밀고 계십니다. 안나의 집 기도실의 십자가상 예수님은 왼손은 십자가에 못 박힌 상태로, 오른손은 고통받는 이들의 손을 잡아주시기 위해 십자가 아래로 손을 뻗어 내밀고 계십니다.
안나의 집 역할은 십자가상의 예수님처럼 지치고 힘들어하는 사람들, 도움을 원하는 모든 사람을 위해 언제든지 선입견과 경계 없이 손을 잡아주기 위해 준비하고 있었습니다.

어떤 이들은 우리가 내민 손을 잡고 일어나 자기 삶을 당당하고 열심히 살아가고 있습니다. 어떤 이들은 우리가 내민 손을 뿌리치고 일어날 기회를 저버리며 고통스럽고 힘든 삶을 살아가고 있습니다. 이럴 때면 마음이 너무 아프고 저 자신도 고통스럽습니다.
예수님께서는 구원의 삶을 선택할 수 있도록 인간에게는 자유의지를 주셨습니다. 그것을 받아들이든 거절하든 모든 선택권은 모두 자기 자신에게 있습니다. 그러나 절망에 빠져 힘들 때 손 내밀어주는 존재가 없다면, 그들은 그 절망의 구렁에서 빠져나올 수 없습니다.
안나의 집은 우리 이웃이 힘들 때 항상 손 내밀어줍니다.

허무하고 고독한 이들이 자신의 존재 가치를 느끼고 사회의 일원으로 충실히 살아가도록 힘이 되어주기를 원합니다. 그렇게 안나의 집은 우리 이웃을 위해 도움을 주고자 손 내밀어 항상 준비하고 있으며 모든 이들에게 밥 이전에 희망과 사랑을 전하고 싶습니다.

성체 성혈 대축일처럼

오늘은 '성체 성혈 대축일'입니다.
안나의 집에서도 가난한 이들 안에 계시는 예수님을 감실처럼 24시간 모시고 있습니다.

오후 6시, 우리는 853인분의 식사를 나눠주고 급식소 업무를 마쳤습니다. 저는 사무실 직원들, 급식소 직원들과 마찬가지로 매우 지쳤지만, 집으로 돌아온 뒤 기쁨으로 헌신한 하루를 즐기며 오늘을 마무리합니다.

하지만 안나의 집은 쉬지 않고 계속해서 사랑으로 일렁거립니다. 안나의 집 2층에서는 소년 소녀 10명을 위한 정보화 프로그램이 진행 중에 있습니다. 이 프로그램은 취업에 도움을 줄 수 있는 출석 증명서를 발급합니다.
3층에는 30명의 노숙인을 위한 쉼터가 자리하고 있습니다. 이분들은 같은 건물 4층에 있는 우리의 작은 공장에서 일을 마치고 맛있는 저녁을 먹을 것입니다.
5명의 직원이 도시의 어려운 지역의 야간 투어를 시작합니다. 그곳에서 그들은 거리에 사는 28명의 청소년을 만나 그들에게 귀 기울이고, 그들과 대화하고, 그들이 필요로 하는 물품을 제공합니다. 우리는 집에서 도망친 어린 청년들을 만나기 위해 밤거리를 돌아다녀야 합니다.

첫 번째 쉼터 '푸르미'에서는 야간 근무 직원 2명이 그곳 15명의 소년들이 평안한 밤을 보낼 수 있도록 준비하고 있습니다. 12명의 아이들이 살고 있는 두 번째 쉼터 '중장기'에서도 똑같은 일과가 이루어지고 있습니다.
'그룹홈'에서 생활하는 7명의 소년은 여전히 책과 숙제에 어려움을 겪고 있습니다. 우리는 거리 청소년을 위한 총 3개의 쉼터와 2개의 구급 센터를 관리합니다. 우리 직원은 자살을 시도한 적이 있는 소년 옆에서 밤을 보내기도 합니다. 안나의 집은 모두가 쉬는 밤에도 이렇게 쉼 없이 활동하고 있습니다.

마치 모두를 없앨 것만 같았던 이 끔찍한 전염병이 안나의 집 문턱 앞에서 멈춰 섰습니다. 여기에서는 이 치명적인 바이러스조차 우리를 정복하지 못했습니다. 여기에서 우리는 코로나보다 훨씬 강력한 연대, 사랑, 희생, 나눔의 백신을 찾았습니다.

그렇습니다, 우리도 이 치명적인 코로나에 지치고 많은 상처를 받았지만 포기하지 않았습니다. 많은 사람이 책임에 대한 두려움과 이 무서운 바이러스에 대한 두려움을 극복하지 못하고 문을 닫고 떠났습니다.

이 순간 우리는 반대로 더 열심히 싸우고, 가장 약한 거리를 지키고 현 사태에 가장 취약한 아이들, 노숙인들,

버려진 노인들을 보호하기 위해 더 용기와 믿음으로 전진해야 할 시기라고 믿었습니다.

내일 아침도 우리는 길거리의 형제자매들에게 신뢰와 사랑과 희망의 백신을 나눠주기 위해 우리의 자리로 다시 돌아갈 것입니다.

안나의 집에 들어가는 것은 부활하신 주님을 묵상하고 만나 뵙는 경험을 하는 것이라고, 믿음이 있는 분들에게 말할 수 있습니다. 교회에서처럼 24시간 내내 예수 성체의 참된 임재 자체를 담고 있는 성막과도 같지요.

안나의 집에서 우리는 우리 가운데 부활하신 그리스도의 살아 있는 아픔이라 할 수 있는 가난한 자, 약한 자, 버려진 자들을 24시간 쉬지 않고 돌봅니다. 안나의 집에 들어간다는 것은 주 예수님의 사랑의 신비 속으로 들어가는 것과도 같습니다.

당신을 섬기겠습니다

12월 24일 크리스마스이브.
저와 48명의 자원봉사자, 그리고 안나의 집 식구들의 일과가 평소보다 늦게 끝났습니다.
가난한 이웃들에게 806인분의 식사를 선사했고, 모든 것을 마치고 정돈까지 하자 정말 늦은 시간이 됐습니다.

피곤하면서도 행복한 기분으로 차에 타려고 할 때 한 어르신이 바퀴가 달린 장바구니를 끌고 내게 다가왔습니다.
그 바퀴 달린 가방 안에는 어르신의 모든 재산이 담겨 있을지도 모른다고 느꼈습니다.
할아버지는 내게 다가와 이렇게 말했습니다.
“먹을 거 남은 거 없지? 너무 늦게 도착한 건 알지만, 발이 아파서 저녁 시간에 맞춰 도착 못 했어요."

저는 "잠깐 기다리세요"라고 말하고 주방에 가서 초코빵을 가져왔습니다.

그리고 할아버지에게 건넸습니다. 어르신은 기뻐하고 고마워하며 천천히 드시기 시작했습니다.

할아버지가 떨고 계시는 게 느껴졌습니다.

"날씨가 추워요."

듬성듬성 속이 보이는 스웨터만 입고 있는 할아버지에게 봉사자들이 기부한 따뜻한 재킷을 건넸습니다. 할아버지는 환하게 웃으며 바로 받아 입으셨습니다.

안나의 집에 장식해 놓은 '메리 크리스마스'라는 글귀가 적힌 크리스마스트리 아래에서 할아버지는 그 빵을 크게 크게 한 입씩 베어 드셨습니다. 몹시 허기지신 모양이었습니다.

내가 자리를 떠나려 하자 할아버지가 나에게 "메리 크리스마스"라고 작은 목소리로 말씀하셨습니다. 마음이 먹먹해졌습니다.

집으로 돌아오니 그 불쌍한 할아버지를 혼자 남겨두고 온 것이 가슴에 사무치도록 슬펐습니다. 그가 잠들 수 있는 곳으로 안내했어야 했는데, 제대로 된 밥과 국이 있는 따뜻한 저녁을 대접했어야 했는데, 그와 함께 좀 더 머물렀어야 했는데……. 많은 의문이 내 마음을 짓누르고 무겁게 했습니다.

십자가 아래에서 그 할아버지를 위해 기도했습니다. 갑자기 그때 내 마음속에 작은 별이 빛났습니다. 어쩌면 그 할아버지는 나를 보러 오신 예수님이었을지도 모릅니다.

주님은 내게 속삭이셨습니다.
"내일도 나는 네가 안나의 집으로 돌아가길 바란다."
"네, 주여, 저는 내일도 언제나 제가 수십 년 동안 해왔던 것처럼, 쌀을 씻어 안치고 국을 끓이고 설거지를 하고, 갓 지은 밥을 가난한 형제들과 나누겠습니다. 그렇게 당신을 섬기겠습니다."

새해 첫날의 새벽기도

어제 31일은 일 년 중 가장 행복한 날이었습니다.
안나의 집 일 년이 안전하게 다 마무리되었기 때문입니다.
무사히 일 년을 보낸 것에 감사하는 기쁜 날이었습니다.
그러나 오늘, 새로운 시작을 알리는 1월 1일은 저에게 힘
든 날입니다.

오늘 저는 새벽에 일어나자마자 성당에 달려갔습니다.
그리고 무릎을 꿇고 기도드렸습니다.
가장 외롭고 고통스러운 시간이 시작된 것입니다.

"주님, 도와주세요.
이제 새롭게 일 년을 시작해야 합니다.

안나의 집의 책임이 큽니까?

그래서 걱정됩니다. 두렵습니다.

주님, 작년에 그랬듯이 올해도 도와주세요.

제 앞에 어떤 일이 기다리고 있을지, 어떤 어려움에 좌절하게 될지 전혀 알 수가 없습니다.

기쁨과 동시에 고통과 외로움이 저를 감싸고 있습니다.

아무도 저의 마음을 모르는 듯합니다.

저 홀로 이 길을 걸어가고 있는 듯합니다.

주님, 도와주세요.

하지만 저는 주님을 믿고, 주님을 알고 있습니다.

다시 시작하는 이 순간에도 제가 의지할 곳은 당신뿐임을, 당신께서 분명히 안나의 집과 함께해주실 것임을 깊이 믿고, 알고 있습니다.

그러므로 저는 당신과 함께 이 시간을 또 이겨낼 수 있을 것이라 믿습니다.

또 저와 제 옆에서 함께하는 사람들을 축복해주세요.

가난한 이, 노숙인, 가출청소년 이 사랑하는 우리 친구들이 올해도 사랑받고 건강하고 행복하길 바랍니다.
봉사자들과 후원자들의 가정도 축복하여 주소서.
주님, 당신에게 위탁합니다. 도와주세요!"

이렇게 기도하면서 살아계신 예수님은, 성경을 통해서 대답해주셨습니다.

"주님께서 그대에게 복을 주시고 그대를 지켜주시고 은혜와 평화를 베푸시리라."(민수기 6,24)

올해도 모든 가정에 축복이 가득하시길 기도드립니다.
아멘.

사랑의 길, 감사의 시간

새해 2022년은 제게 아주 특별한 해입니다.
사제가 된 지 35년, 한국에 와서 앞치마를 두른 지 30년이 되는 해이기 때문입니다.

앞치마를 입고 30년이라는 시간 속에서
봉사자와 후원자분들은 가진 것을 나눠주셨고,
그 나눔이 이어져, 거친 땅 위에 단단하고 아름다운 사랑의 길을 만들었습니다.
우리는 그 길을 함께 걸으며
지치고 힘들 때 서로가 서로를 일으켜 세워주었고,
주님은 어두운 밤길에도 꺼지지 않는 촛불이 되어,
우리가 함께 걸어가야 할 길을 보여주셨습니다.

우리는 더불어 함께
그동안 배고픈 이웃들에게 3백만 그릇의 밥을 전했고,
기댈 곳 없는 청소년들을 위한 둥지를 만들었고,
현재 50명의 청소년들을 돌보고 있으며,
청소년들이 당당하게 사회에 나갈 수 있도록
37명의 대학 진학을 도왔습니다.

기적의 여정을 만들어주신 봉사자와 후원자분들께
해도 해도 부족한 말이 "감사합니다"란 말입니다.
코로나 속에서 큰 믿음과 용기가 필요했던 상황이지만,
우리가 함께 걷는 나눔의 길 위에 피어난 꽃은 그래서 더욱 값지고 아름다운 것 같습니다.
"감사합니다. 정말 감사합니다."

주님의 사랑에 쉼이 없는 것처럼
우리가 전하는 사랑에도 쉼이 없기를 기도하며,
두 손을 모읍니다.

저는 오늘도 오후 1시, 어김없이 앞치마를 맸고,

주님의 상처가 되어버린 이웃들을 위해

다 함께 기도를 드렸고,

오후 4시, 봉사자분들과 함께

750명에게 사랑을 전했습니다.

2장

오늘도 어제보다 빛나는 태양이 떠오르고

언덕에서

오늘 아침 눈을 떴을 때
참 슬펐습니다.
한줄기 태양이 필요했습니다.
눈부신 햇살을 보기 위해 창문을 열었지만
오직 뿌연 안개만이 앞을 가리고 있었습니다.

저는 태양 빛을 찾아 언덕에 올랐습니다.
하지만 언덕 위에도 회색 안개만이
제 눈앞에 펼쳐져 있었습니다.
더 높이 언덕을 올라갔지만
역시나 희뿌연 안개뿐이었습니다.

태양을 찾는 여정은 지치고 힘들고
새벽보다 더 슬픈 마음으로
집으로 돌아왔습니다.
그때 어두운 제 마음에
맑은 바람 같은 생각이 스쳤습니다.
저 희뿌연 안개 뒤에는
생명력 넘치는 태양이 있다는 확신이었습니다.

오늘 햇빛과 만날 수 없었지만
태양은 분명히 존재합니다.
천지 만물을 창조하신 주님도
고뇌에 가득 찬 밤 저와 함께하십니다.
눈앞에 보이지 않지만
"내가 너와 함께 있다.
너의 손을 붙들어 주리라"
속삭이십니다.

안개가 하늘을 덮고 어둠이 밤을 덮어도

믿음의 눈을 들어

그 어떤 순간에도 주님과 마주합니다.

새 기쁨을 위해

언제나 내 안에 자리한
집요한 유혹
거대한 바다를 뒤흔드는
천둥 치는 폭풍우에도 의연하게 견디는
강철같이 단단한 바위가 되고 싶은
그 사악한 유혹

이제는
바다의 매서운 바람에 맞서며
두려움 없이 비행하는 연약한 갈매기를 보며
진정한 나 자신을 발견해야 할 때,
깊디깊은 해저의 두려움을 극복하고

무한하게 펼쳐진
천상의 공간으로 날아오르는
작은 갈매기여!

주님 저를 도와주소서.
성령의 아찔한 높이를 두려워하지 않도록
도와주소서.

제 우울함이
어둡고 깊은 골짜기에
빠지지 않도록 저를 도와주소서.

온갖 우여곡절들이
큰 재앙으로 이어지지 않도록
도와주소서.

전능하신 주님

저를 도와주소서.

작은 몸짓으로 흔들흔들 불안하지만

자유롭고 행복하게 하늘을 나는

저 갈매기들을 보며

새 기쁨을 찾을 수 있도록 도와주소서.

아멘

당신의 눈길

부모님께 받은 동전이
차곡차곡 담긴 봉투를 건네는 작은 손
"제가 모은 건데요, 가난한 사람들을 위해 써주세요."
꼬마의 천진난만한 눈빛은
바로 주님의 사랑스러운 눈길

길이 집이 되어버린 친구들
잘못 들어선 운명을 슬퍼하는 그들의 눈물
내가 손가락으로 그들의 눈물을 닦아줄 때
나를 바라보는 주님의 자비로운 눈빛

음식 꾸러미를 받아든 할머니가

무한한 미소로 내게 전하는 속삭임
"고마워요. 나의 구세주."
할머니의 주름진 따뜻한 눈빛은
내게 감사함을 전하는 주님의 눈빛

매섭게 추운 겨울밤
도시에 버려진 외로운 사람들을 찾아
인적이 드문 거리를 헤매는 나의 소중한 직원들
한 명이라도 더 찾아내려는 타오르는 눈빛
바로 주님의 동정심이 깃든 눈빛

지친 인류를 사랑하는
당신의 자애로운 눈빛은
언제나 내 얼굴 위에 깃들어 있고
이렇게 나를 친구 삼아주셨으니
내 삶을 내려놓고
오늘도 당신을 따르는 길을 걸어갑니다.

우리 모두 사랑합시다

지금 우리는
어두운 밤 속에서
지긋지긋한 악몽에 시달리고 있습니다.
나쁜 꿈을 꾸는 것 같은 이 시간 속에서
끔찍한 핵 위협이 이어지는 우크라이나 전쟁,
죄 없는 사람들의 희생을 불러오는
코로나바이러스의 위협과 여전히 마주합니다.
여기에 경제적 위기까지 더해져
희망 없는 내일을 암시하고 있습니다.
하지만 어둡고 앞이 보이지 않는 어둠은
순결하고 연약한 태양의 햇살로 사라지며
우리에게 새로운 희망과 한걸음 깊어진

용기를 선사합니다.

오늘은 부활절입니다.
태양의 눈부신 햇살이 우리의 깊은 어둠을 밝게 밝히듯
주님은 너무나 고통스러운 죽음을 통해
우리에게 새 삶을 선사하고
새로운 삶의 지평선을 보여줍니다.

예수님의 부활은 도달할 수 없는
저 먼 곳의 신비로운 이야기가 아닙니다.
오늘 우리가 바로 이곳에서
내 곁의 형제와 이웃들을 사랑한다면
우리들의 사랑 또한 주님의 보여주시는
태양의 빛나는 햇살과 같습니다.
이토록 아름다운 '사랑'은 이해하기 힘들고
우리를 괴롭히는 어둠을 지우고,
새 삶을 선물할 것입니다.

사랑하는 모든 시간이
예수님의 부활을 경험하는 참된 삶의 순간입니다.
우리 모두 사랑합시다.

단순한 마음이 찾아낸 주님

어두운 생각에 잠긴 여행자들은
결코 알 수 없는
연약하고 아름다운 세상의 꽃들

하지만 당신이
순수한 눈길로
사랑하는 존재를 볼 수 있다면
그 무엇과도 바꿀 수 없는
기쁨을 선사할 수 있습니다.

주님도 똑같습니다.
어렵고 복잡한 철학 속에 갇힌 이 세상의 형제들은

주님 당신을 알아볼 수도 느낄 수도 없습니다.

하지만 순수하고 단순한 마음을 가진 형제들은
주님을 살아 있는 존재로 느끼고 받아들입니다.
그리고 무한한 기쁨과
새로운 삶을 이끌 수 있는 열망을
선물할 수 있습니다.
주님, 감사합니다.

4월의 시

봄꽃들이 만발하는 4월
연약한 꽃송이를 보면서
소박한 이 꽃송이가 가장 아름다운 꽃이라고 느낍니다.
햇살이 그 작은 꽃잎을 어루만져주기 때문입니다.

진정한 사랑도 햇살과 같습니다.
사랑의 햇살은 누군가의 삶의 창문으로 새어 들어가
사랑하는 이의 인생을 어제보다 빛나게 만들어줍니다.

진실한 사랑은 아무것도 요구하지 않고
그 자체로 충만합니다.
참된 사랑은 아무것도 기대하지 않고

하나의 사랑으로 완벽합니다.
폭력으로 누군가를 상처 주지 않습니다.

주님의 사랑은 소리 내지 않고 조용히
드라마틱한 여정을 우리와 함께합니다.
그 아름다운 여행 속에서
주님의 사랑은 우리 속에 감춰진
진짜 자신과 만나게 해줍니다.

주님의 순수한 사랑은
삶의 경험이 진정한 행복과 하나 되는
무한한 공간으로 우리를 부드럽게 인도합니다.

봉사자의 손

봉사자는 예수님의 손입니다.
살아계신 예수님은 봉사자의 손을 통해서 움직이십니다.

오직 예수님만이 믿음을 주실 수 있습니다.
그러나 예수님은 우리의 삶을 통하여 믿음을 증거하십니다.

오직 예수님만이 희망을 주실 수 있습니다.
그러나 예수님은 우리를 통하여 희망을 불어넣으십니다.

오직 예수님만이 평화를 주실 수 있습니다.
그러나 예수님은 우리를 통하여 평화의 씨앗을 뿌리십니다.

오직 예수님만이 힘을 주실 수 있습니다.

그러나 예수님은 우리를 통하여 힘이 되어주십니다.

오직 예수님 홀로 길이십니다.

그러나 예수님은 우리를 통하여 길을 보여주십니다.

오직 예수님 홀로 생명이십니다.

그러나 예수님은 우리를 통하여 그 생명을 나누십니다.

예수님 당신 스스로 충분하십니다.

그러나 예수님은 우리와 함께하는 것을 더 좋아하십니다.

영광이 성부와 성자와 성령께

처음과 같이 지금과 항상 영원히, 아멘.

나는

나는
당신 삶이 빛날 수 있도록
한 줄기 햇살을 드리고 싶습니다.

나는
당신의 작고 어두운 방에
드넓은 하늘 조각 하나를
가져와 드리고 싶습니다.

나는
당신이 생명력으로
넘쳐날 수 있도록

힘차게 떨어지는 물방울들을
선물해드리고 싶습니다.

나는
진실한 사랑으로
당신의 선물이 되어
마음에 평화가 흘러넘치기를,
나의 진심 어린 미소가
당신을 상냥하게
만들어주기를 꿈꿉니다.

나는
사랑하는 주님이
당신에게 행복과
고요한 사랑 속의 진정한 기쁨
그리고 단단한 몸과 마음을
깃들게 해주기를 기도합니다.

지금 이곳에 함께 하시니

안드레아라는
이탈리아의 유명한 가수이자 작곡가가
신의 존재에 물음을 던지는
아름다운 노래가 있습니다.

“하늘에 계신 하느님,
당신이 만약 나를 사랑하기를 소망한다면
저 먼 곳에 있는 별들 속에 머물지 마세요.
하늘에서 내려와 저를 찾아주세요”
하느님은 이 말을 진지하게 받아들이고
나라는 사람을 만나기 위해 찾아왔습니다.
그리고 나는 그를 만났습니다.

가난한 이웃을 두 팔로 감싸 안을 때
외롭고 늙은 할아버지를 위해 선사한
밥 한 그릇 속에서,
집을 나온 소년과 함께 게임을 하는 시간 속에서,
노숙인과 풀밭 위에 앉아
이야기를 나누며
그를 만났습니다.

추운 겨울밤
가만히 나를 바라보는
젊은이의 두려운 시선 속에서
나는 그를 느꼈습니다.

다리를 절며 걸어가는 이의
힘겨움 속에서
예수님 부활의 상처를 보았습니다.

상처뿐만이 아닙니다.
매일 성체를 나누며
기쁨으로 가득한 웃음 번질 때
나는 예수님을 만났습니다.

나는 예수님이 천국에 있는지
하늘에 있는지
잘 모릅니다.
나는 그곳에 가본 적이 없으니까요.

하지만 예수님은
분명히 우리 안에 계십니다.

나는 예수님을 보았습니다.
두 눈으로
그의 존재를 바라보고
느낄 수 있습니다.

사제의 길은
먼지가 뿌연 길을
홀로 걸으며
예수님의 존재를 찾아 헤매고
방황하는 시간이었습니다.

한국 땅을 밟은 지 30년,
예수님은 지금 여기,
함께 더불어 계심을
확신할 수 있기에
나는 그 어떤 것도 두렵지 않습니다.

첫눈

오늘 첫눈이 왔습니다.

아름다운 꿈들

사랑의 꿈들

첫눈 속에서

내 마음과 환상은

잊을 수 없는 순간들을 좇습니다.

첫눈이 오면 더 생각나는

소중한 사람들과 사랑하는 사람들

기쁨과 걱정 없는 순간들

함께 나누고 싶은 친구들

첫눈 속에서

내 영혼은

내 소중한 거리의 친구들을 찾아나섭니다.

장갑 없이 눈 속에서

외투 없이 추위 속에서

그들의 슬리퍼는

얼어붙은 아스팔트를 마주해야 합니다.

식사 시간이지만 음식이 없고

담요 없이 지새워야 하는 밤

아마도 술 한 병이 함께하겠죠.

약간의 자선금을 모아 마련한 술 한 병은

얼어붙은 몸을 녹이고

삶의 많은 것을 잊기 위한 것

첫눈이 주는 기쁨과 행복이

어느새 제 영혼을 무겁게 합니다.

내가 사랑하는 사람들을 위해
무언가를 해줄 수 없어 슬픕니다.

내가 할 수 있는 건
오직 기도를 드리는 것뿐입니다.
예수님에게 그들을 맡깁니다.
예수님은 첫눈이 오는 이때,
길거리에 있는 형제자매들 가까이에 계시고
살아계시기 때문입니다.

삶을 지탱하는 기둥

저에게는 인생을 지탱해주는
네 가지 기둥이 있습니다.
사람과 기도, 성경과 자전거라는 네 개의 기둥이
오늘도 저를 지탱해줍니다.

봄날에 피어나는 꽃들도 지탱해주는 줄기가 있어
흔들리면서도 꽃을 피울 수 있는 것입니다.
겨울 눈보라 속에서, 밤의 어둠 속에서, 깊은 흙 속에서
힘들었던 시간을 뒤로하고
오늘도 언제나처럼 태양이 떠오르고
보다 새롭게 빛나는 햇살을 선사합니다.
땅 위의 꽃들은 한결 짙어진 향기와 아름다움으로 피어

납니다.

강물도 어제와 다른 새로운 물결로 고요하게 흘러갑니다.

오늘은 선물입니다.

우리도 매일 다시 태어나

새로운 조각들로 삶을 희망으로 바꿀 수 있습니다.

어제보다 더 큰 희망으로 우리의 가슴을 채울 수 있습니다.

여러분도 삶을 지탱하는 기둥을 찾으시고

멋진 인생의 꽃을 피워내시기를 기도합니다.

소금 이야기

옛날에 가난한 집에 엄마와 아들이 오순도순 살고 있었습니다.

엄마는 아들에게 맛있는 음식을 해주려고 아궁이에 불을 지피고 요리를 시작했습니다. 아들은 엄마가 준비하는 음식 재료들을 신기하게 쳐다보며 물었습니다.

"엄마, 이건 왜 넣는 거예요?"

"그건 우리 아들 뼈를 튼튼하게 해준단다."

"엄마, 이건 왜 넣는 거예요?"

"그건 우리 아들이 몸 구석구석 골고루 자라도록 해준단다."

아들은 엄마가 하얗고 반짝거리는 알갱이를 넣는 것을 보고 물었습니다.

"엄마, 이건 왜 넣는 거예요?"

"이건 소금이라고 하는 거야. 조금만 넣으면 음식 맛을 아주 훌륭하게 한단다. 그리고 사람 몸에 꼭 필요한 거야."

"소금은 어떻게 생겨요?"

"햇빛과 바람이 바닷물을 말리면 반짝반짝 빛나는 하얀 소금이 생긴단다."

소금은 이 엄마와 아들의 대화를 듣고 깜짝 놀랐어요.

"그렇다면 조금 전 그 친구는 혹시…?"

소금은 억울해서 참을 수가 없었습니다. 사람들이 음식을 맛있게 먹게 하려면 자기 자신이 사라져야 하니까요.

"왜 우리가 희생해야 하지? 난 그럴 수 없어!"

소금은 사라진 친구가 바보 같다고 생각했으며, 자신을 희생하면서까지 사람들에게 도움을 주고 싶지 않아 결국 도망쳤습니다.

몇 년 후에 엄마는 선반 높은 곳에서 도망간 소금을 찾아

냈습니다. 소금은 시간이 지나서 누렇게 변하고, 먼지가 쌓여 거무튀튀했으며 맛도 예전 같지 않았습니다.
"아니, 이게 왜 여기 있을까?" 하고 엄마는 맛을 보더니 소금을 비 오는 마당에 던져버렸습니다. 땅바닥에 버려진 소금은 예전에 사라진 친구가 생각났습니다.
"내가 할 수 있는 가장 의미 있는 일은 사람들이 음식을 맛있게 먹을 수 있도록 도와주는 일이었어. 결국 못생겨지고 맛없어져 이렇게 아무 쓸모도 없이 사라지는구나."
소금 자신의 정체성은 사람들이 먹는 음식의 맛을 맛있게 하는 것이었습니다.
그래서 자신도 행복해지고 자신의 희생이 사랑의 실천이라는 깨닫게 되었습니다. 그렇게 소금은 가장 맛있을 때 도망쳤던 자신을 후회하며 내리는 비와 함께 조금씩 조금씩 사라져갔습니다.

저희도 마찬가지로 소금처럼 나눔과 사랑을 실천할 때마다 저희 자신을 희생하지만, 그만큼 더 많이 행복합니다.

은총의 시간, 카이로스

한 해가 끝나는 지금 이 순간, 희망찬 새해를 염원하며 모두가 축배를 드는 이 순간, 하지만 저는 여기 작은 기도실 안의 예수님 앞에서 침묵 속에서 고독하게 기도를 드립니다.
아닙니다. 기도가 아니라 주님에게 코로나로 왜 이토록 많은 사람이 고통받는지, 왜 이 험난한 고난으로 지치게 하시는지 하소연하기 위해 무릎을 꿇었습니다.
코로나로 이미 많은 사람이 세상을 떠났고, 우리는 모두 고통과 싸우며 하루하루 나아가고 있습니다.
"왜 이런 고난을 주십니까?
왜 주님은 천국에서 내려오지 않으시며, 왜 코로나의 혼란으로부터 우리를 구해주지 않으십니까?"

저는 가슴 밑바닥에서부터 쏟아져나오는 탄식으로 울부짖었습니다.

이때 주님은 요동치며 무너진 제 마음을 어루만지며 대답하셨습니다.
"나 역시 코로나로 많은 이들이 고통스러워하는 것을 보고 아주 많이 울었다.
하지만 나는 고통과 문제들을 네가 상상하는 것처럼 마법처럼 없애주고 있지 않지.
왜냐하면 마법을 쓰는 것은 내 방식이 아니기 때문이야.
하지만 난 너와 함께 걷고 있고, 언제나 너의 곁을 지키고 있단다.
나는 한순간도 너의 손을 놓치지 않았어.
나는 네가 혼자 버림받은 채 방황하게 놔두지 않았어.
이렇게 많은 노력이 필요하지만 함께 나아가고 있어."

그 이야기를 듣고 저는 이렇게 대답했습니다.

"하지만 제발, 건강과 행복이 가득한 새해를 주세요."

그때 주님은 저에게 속삭이셨습니다.
"일 년, 한 달, 하루는 존재하지 않는단다.
그것들은 순수하게 철학적인 개념일 뿐이야.
하지만 네가 진정으로 살아 있다고 느끼는 '바로 이 순간'이 있어.
바로 은총의 시간 '카이로스'야.
카이로스 속에서 나는 많은 은혜의 순간을 선사할 거야.
사랑하기 위해, 헌신하기 위해, 많은 것을 나누기 위해, 그리고 용서하기 위해 모든 것을 받아들이고 환영하고, 너 자신을 헌신하렴.
이렇게 아름답게 살아간다면 덧없어 보이는 나날들이 행복의 시간으로 될 거야.
사랑은 평온을 가져오고, 베품은 영혼을 아름답게 만들고, 나눔은 진정한 기쁨이 넘쳐나게 하고, 용서는 마음의 평화를 낳고, 환영은 놀랍고 경이로운 새 지평을 열기 때문이야.
누군가에게 헌신할 때 우리의 정신은 무한한 자유와 행복으로 채워진단다.
나의 도움 안에서 이렇게 아름답게 삶을 만들어간다면 이번 새해 역시 아름다울 거야.
그리고 은총의 시간 바로 '카이로스'와 마주할 거야."

'카이로스'
우리가 함께할 은총의 시간! 축복의 시간! 그리고 기쁨의 시간!
카이로스를 안내하는 예수님, 감사합니다.

주님을 만나는 곳

한국에 온 지 33년,
저는 모든 생명 속에서 하느님과 만났습니다.
주님은 우리의 삶을 창조하신 전지전능한 분이고
은하단을 지으신, 감히 범접하기 어려운 분입니다.
하지만 우주의 신비로운 조화만이 그분의 소유물이 아닙니다.
죄와 소외감으로 메마른 땅도 그분의 것입니다.
그분은 자그마한 인생 조각들 안에 존재하시는
연민의 주님이시기도 합니다.

저는 주님을
가난한 노숙인 친구들,

붕어빵을 팔고 있는 아주머니,
안나의 집에 필요한 식재료를 부탁하러 가는
가락동 농산물 도매시장에서 만나고 있습니다.
이제 이 시장에 저와 반갑게 인사를 나누는
단골 가게가 많아졌습니다.
가락동 도매시장에서 남은 채소를 걷어와
길거리에서 파시는 할머니와 친한 친구가 됐습니다.
가난한 사람들이 저와 손을 잡고,
길고 힘든 길을 걷습니다.
이 땅의 형제자매들에게
'지금 우는 이들이여,
자비로우신 하느님이 당신들과 함께 계시니 행복하다'
목이 터져라, 소리 지르고 싶습니다.

가난한 이웃들이 저에게
세상은 흑과 백으로
혹은 진실과 거짓으로 구별되는 것이 아니라

다채로운 색채가 조화를 이루는 곳이라고 가르쳐주고 있습니다.
이곳에서
검정색이 하얀색과 섞이고
파란색이 노란색과 섞이고
빨간색이 초록색과 섞여,
색동빛깔을 뽐내는 세상의 바퀴가 만들어집니다.

안나의 집에서 이웃들과 밥을 나누고 봉고차를 타고,
집으로 돌아오는 시간,
저는 길 위에서 주님과 만납니다.
다마스쿠스로 가는 길에 성 바오로가 그랬던 것처럼,
가난하고 박해당하는 사람들 속에서 살아 있는 그분을 만납니다.
엠마우스의 두 제자들처럼,
인생의 돌길을 함께 걸어가시는 그분을 만나고 있습니다.
주님은 제가 찬미 드리는 그 길 위에서

성서 말씀을 가르쳐주시고, 생명의 책을 읽는 방법을 알려주십니다.
그분은 생명의 책을 항상 더 새롭고 아름답게 읽어주십니다.

우주와 모든 아름다운 것들을 창조하신 주님이,
나약한 존재인 저와
길거리를 보금자리로 삼는 가난한 이웃들의 존재도
멸시하지 않으시기 때문에 가능한 선물 같은 시간입니다.

주님은 이론적으로 설명하기가 어려운 이 현실을,
자상한 아버지의 얼굴로 미소 지으시며 받아주시고 사랑으로 축복하십니다.

할아버지의 양 150마리

이탈리아가 제2차 세계대전 중일 때 저의 친할아버지는 슬하에 일곱 명의 자식이 있었고, 양을 키우는 농장을 하시며 가난하게 살고 있었습니다.

1944년 3월 3일, 폭탄을 실은 미국 폭격기가 독일군 주둔지에 폭탄을 투하하러 가기 위해 할아버지 마을 상공을 지나갈 때였습니다. 갑자기 어디선가 독일 전투기가 나타나자 미국 폭격기는 기체를 가볍게 해 달아나기 쉽게 하려고 싣고 있던 폭탄을 할아버지 마을 상공에 투하해버렸습니다. 불행하게도 그 폭탄은 할아버지 농장에 떨어져 농장은 파괴되었고, 가족들의 생계가 달려 있던 양 150마리도 한순간에 모두 잃게 되었습니다.

폐허가 된 농장은 앞날 할아버지 가족의 희망을 앗아갔고, 가족 모두가 참담하고 고통스러웠습니다. 전쟁 중이었던 나라에서 일반 서민 모두가 힘든 삶을 살아가고 있었기에 동네 주민들의 사정도 마찬가지였습니다. 마을 주민들도 대부분 할아버지와 같이 양 목장을 하며 가난하게 살고 있었습니다. 가난한 마을 주민들은 할아버지의 안타까운 소식을 전해 듣고 자기 농장의 양들을 한두 마리씩 나누어주었습니다.

이렇게 모인 양들이 이틀 만에 150마리가 되었으며 할아버지는 전 재산이었던 150마리의 양을 이렇게 다시 갖게 되었습니다. 할아버지는 일순간 모든 재산을 잃었지만, 이틀 만에 다시 양 150마리와 마을 주민들의 따뜻한 마음과 사랑, 그리고 어떤 어려움이든 이겨낼 수 있는 용기와 힘을 덤으로 얻었습니다. 가난한 마을 주민들은 사랑으로 어려움을 나누고 연대하여 친할아버지의 가정을 고통과 절망에서 살려주었습니다.

우리 한 명 한 명이 작은 온정을 모아 베푼다면 어려움을 당한 이웃에게는 희망과 용기가 되고 어려움을 극복할 수 있는 힘이 되어줄 수 있으며 우리 모두 함께 살아가는 살기 좋은 세상이 될 것입니다.

행복의 무지개

제가 가장 좋아하는 색은 노랑, 빨강, 파랑입니다.
제가 좋아하는 색으로 채색된 아름다운 것들을 만나면 제 마음은 기쁨으로 가득 찹니다.

1 노란색

저의 가장 큰 일상의 즐거움은 자전거 타기입니다. 매일 강을 따라 자전거를 타면서 일출을 보는 것을 좋아합니다. 일출은 항상 같은 모양이지만 동시에 다른 아름다움으로 언제나 저에게 큰 감동을 줍니다. 그 아름다운 황홀감으로 하루를 열면 언제나 마음이 감사로 물듭니다.
저는 멋진 검은색 스캇(SCOTT) 자전거를 갖고 있는데 매우 만족하고 있습니다. 그런데 어느 날 자원봉사자가 멋진 룩(LOOK) 카본로드 바이크를 주셨답니다. 전체가 다 노랑 노랑인 것이 아주 예뻤고, 저도 마음에 들었습니다. 그러다 어느 한 소년이 경주용 자전거가 필요하다는 이야기를 듣게 되었습니다. 전 제가 갖고 싶어 하는 욕심을 버리고 그 멋진 노란 자전거를 소년에게 주었습니다. 그렇게 결정하는 데 사실 그리 오래 걸리지는 않았습니다. 오히려 꼭 필요한 소년에게 줄 수 있어 기뻤습니다.

2 빨간색

저는 한국 차를 좋아합니다. 믿음직스럽고 디자인도 멋집니다. 그중에도 기아차에서 만든 쏘울(SOUL)을 특히 좋아합니다. 혁신적인 데다 아름답고 우아한 디자인으로 매우 견고하고 신뢰할 수 있다고 모두 말합니다.
어느 날 이탈리아 대사관에서 서울 본사로 들어오라는 전화 한 통을 받고, 약속된 날에 대사관 사무실로 갔습니다. 대사관 앞에 타오르는 붉은 색의 아름다운 기아 쏘울 차가 눈에 띄었습니다. 내가 늘 꿈꾸며 갖고 싶었던 아름다운 차였습니다. 관리하시는 분이 저에게 열쇠를 건네며 "이제 이 차는 당신 차입니다. 이 아름다운 차를 가지고 가십시오"라고 말했습니다. 꿈이 이루어졌습니다. 기아 올레드 쏘울, 정말 멋진 차였습니다.

한동안은 그 차를 몰면서 정말 행복했습니다. 그러다 어느 날 문득 이런 생각이 들었습니다. '이건 멋진 큰 차야. 1,600cc 엔진이지만 가난한 이들의 사제인 나에게는 좀 사치스러워.' 갑자기 저는 차가 불편해지기 시작했습니다. 그러던 차에 저는 동료 사제에게 차가 필요하다는 것을 알게 되었습니다. 반가운 마음에 빨간 쏘울 차를 건네주었습니다. 그리고 저는 다시 예전에 타던 낡은 900cc 레이(RAY)를 몰고 돌아왔습니다.

3 파란색

혈액 검사를 했습니다. 검사 후 의사 선생님이 저를 병원으로 부르시더니 말씀하셨어요. "갑상선 수치가 좋지 않습니다. 염증일 수도 있지만, 암을 의심해볼 수도 있겠어요. 처방해드리는 약을 드시고 4개월 후에 다시 오십시오. 아직 몇 가지 검사를 더 해야 합니다."

저는 '암'이라는 말에 충격을 받아 온몸이 떨렸습니다. 그간 불편했던 몸의 변화들이 다 암 때문이었구나 싶었습니다. 그러면서 이런저런 걱정들이 물밀듯이 밀려왔습니다. 혹시 입원하거나 수술해야 한다면 돈도 엄청 많이 들 텐데…. 그리고 불현듯 은행 계좌에 있는 돈 4억 5천만 원이 떠올랐습니다. 지난 몇 년간 다양한 상 덕분에 받은 상금이었습니다. 그리고 인터넷을 찾아보니 갑상선 암은 치료가 쉬워 사람들이 '착한 암'이라 부른다고 하는 것도 알게 되었습니다. 착한 암에 치료비도 있으니… 천천히 마음이 진정되었습니다.

이런 마음의 소란이 있은 지 얼마 후 청소년센터 시설장님이 저에게 와서 말했습니다. "신부님, 우리 아이들을 위한 집이 필요해요. 쉼터 프로그램이 끝나면 아이들이 갈 곳이 없어요. 아이들을 위한 '셰어하우스'가 있으면 좋을 텐데요." 저는 "일하다 보면 살 수 있는 집이 생기겠죠. 그런데 아이들이 함께 살 만한 집은 얼마쯤 할까요?"라고 물었습니다. 시설장님이 말하기를 "약 4억 5천만 원 정도일 거예요." 딱 제 통장에 있는 돈과 같은 액수였습니다. 저는 양심의 가책을 받기 시작했습니다. 마음에서 갈등과 의문이 솟아올랐습니다. '거리의 아이들은 어쩌나요?' 며칠 후 저는 예수님 앞에 무릎을 꿇고 기도하면서 결정을 내렸습니다. 그리고 다음 날 직원들과 함께 매물로 나온 아파트를 보러 갔습니다. 아주 좋은 아파트 12층이었습니다. 베란다 밖으로 멀리 보이는 푸른 산들과 푸른 하늘을 보니 이곳에 살게 될 아이들이 이 멋진 푸른색을 보고 무척 기뻐할 것 같았습니다. 그리고 얼마 후 이곳이 아이들의 새로운 둥지가 되었습니다. 전 너무 행복하고 평화로웠습니다. 다행히 저의 건강에도 큰 문제가 없었습니다. 약을 잘 챙겨 먹고, 몇 달 후 다시 검사했더니 갑상선 수치가 정상 수준으로 돌아왔습니다.

그러고 보니 어느 자원봉사자분이 "신부님은 안나의 집 대표이기도 하니 사람들한테 잘 보여야 해요. 그러니 이 시계 차고 다니세요" 하며 선물로 준 값비싼 18K 화이트골드 롤렉스도 팔아서 가난한 형제들을 위해 쌀을 샀던 기억이 떠오릅니다. 저는 충분히 오래 살았고, 그래서 깨닫게 되었습니다. 한 시간, 하루, 한 달, 일 년… 이렇게 시간이나 날짜를 세는 것이 아무 의미가 없다는 것을요. 가장 중요한 것은 우리 마음 안에서 얼마나 많은 사랑이 뛰고 있는지, 얼마나 사랑하는지입니다. 수년 동안 저는 가난한 사람들을 위해 자전거, 자동차, 돈, 시계 등 많은 물질적 나눔과 질병으로 고통 받는 사람들을 위해 장기기증을 통한 몸의 나눔으로 모든 소유를 비웠지만, 저의 영혼은 무한한 행복으로 가득 차 있습니다. 믿음으로 저의 가난한 존재를 예수님의 손에 맡기고, 기쁨으로 가난한 사람들에게 제가 가진 모든 것을 나누었습니다. 무한한 기쁨으로 살고 싶은 마음을 심어주는 사랑, 무지개의 신비, 만질 수는 없지만 제 마음의 환희였습니다. 노란색, 빨간색, 파란색은 계속해서 내 마음에 기쁨을 줍니다. 이것은 행복의 무지개입니다.

3장

가을 나뭇잎을 닮은 연약한 제 삶에

나의 가을

가을이 저물 즈음
내 시선을 사로잡은
초라하게 시든 나뭇잎들
웅장하고 거대한 고층 건물 사이에서 살아남은
연약한 잎새들
고층 건물은
강철과 콘크리트를 뽐내며
당당하고 강렬하게 늘어서 있고
나뭇잎들은
그 속에서 살아남아
가을바람에 흔들리는 몸을 맡깁니다.
명랑한 햇살과 신선한 빗물이

섬세한 잎사귀들을 살립니다.
가을 나뭇잎을 닮은
가진 것 없고 연약한 제 삶도
강한 힘이나 어려운 철학적 성찰로부터
에너지를 얻지 않습니다.
힘을 얻는 곳은
오직 주님의 품.
소리 없지만 부드럽고 무한한
주님의 사랑은
가을에도 온기를 잃지 않는 햇살처럼
제 마음의 모든 차가운 조각들을
생명의 빛으로
따뜻하게 녹여줍니다.

주님이 빚으신 바다 앞에서

저는 거대하고 무한하고 푸르른
바다에 매료되었습니다.
바다는 웅장함으로
생명이 깃든 그 자체로
다채로운 빛깔을 뽐내며
많은 것을 압도하고
우아한 파도는
모든 사물을 한결 아름답게
다이아몬드 결정처럼 빛나게 합니다.

그리고 저는 눈을 들어
태양 빛으로

파도가 살아 있는 듯 넘실대고 있는 것을
깨닫습니다.

푸른 하늘이
색이 없던 무채색의 바다에
연한 푸른 빛을 선사해왔음을
깨닫습니다.

주님, 도와주소서.
제 시선이 당신이 계신 천국을 향하고
주님은 우리를 둘러싸고 있는
모든 아름다움과 선의 진정한 근원임을
발견하게 하소서.

주님, 도와주소서.
제가 단순한 물이 되어
불행과 마주한 이웃들 속에서

당신의 빛나는 위대함을

증거 할 수 있도록

이끌어주소서.

아멘

햇살 같은 사랑을 주소서

해가 뜨는 광경을
보고 있는 게 저는 참 좋습니다.

눈부신 광채에 압도당하며
참을 수 없는 감탄으로 바라봅니다.

그것은 언제나 같은 태양입니다.
그것은 언제나 같은 수평선입니다.
하지만 기쁘게도 한결같이, 다르게 다가옵니다.

태양은 다채롭고 즐거움이 가득한 햇살로
모든 창조물의 구석구석을

다른 방법으로 색칠해줍니다.

오늘 아침 일어났을 때
어제와 같은 일이, 어제와 같은 문제가
기다리고 있습니다
똑같은 상황이었습니다.

부디 주님
새롭게 하루를 시작할 때
제게 빛나는 사랑을 주소서.

따스한 주님의 햇살로
무력하고 단순한 존재인 저의 모든 순간을
행복과 생기와 환상의 색깔로 물들게 하시어
부디 빛나는 햇살 같은 사랑을 주소서.
아멘

무심히 주위를 살펴보면

단순히 제가 삶을 사랑하는 존재가 아니라
삶이 부드러운 색채로 저를 둘러싸며
저를 사랑하고 있음을 깨닫습니다.

섬세한 꽃들이 내뿜는 황홀한 향기
생동감 넘치게 흘러가는 강물
푸르게 펼쳐진 드넓은 풀밭
무한하게 펼쳐진 하늘

부활하신 예수님의 영광스러운 모습은 어디에 있습니까?
성당 안에서, 일곱 성사 안에서, 영성체 안에서,
말씀 안에서

그리고 이렇게 아름다운 자연 안에서
부활하신 예수님의 영광스러운 모습을 알아볼 수 있을 것입니다.

이슬방울을 보며

소박하고 순수한
이슬방울을
고요히 바라봅니다.

작은 이슬방울이
주님의 사랑의 빛을 감싸며
비추고 있기에
그 단순함이 경이롭습니다.

오늘도 저는 어제와 같은
안나의 집의 어두운 주방에서
제 사명을 다하고 있습니다.

이슬방울에 스민 사랑처럼
당신의 무한한 사랑으로
저를 빛나게 하소서.

주님
저는 가진 것이 아무것도 없습니다.
하지만 저를 행복하게
또 자유롭게 하는 한 가지,
바로 주님의 사랑입니다.

햇살 하나

어둡고 아무것도 보이지 않는 아침
폭풍우의 바람과 거친 비가
나의 연약한 존재를 위협하고 있을 때
소박하지만 가는 햇살 하나가
제 지친 삶을 일으켜 세워주는
희망이 되어줍니다.

세상을 비추는 햇빛을 닮은
주님의 달콤한 미소
그 미소는 제 삶의 어두운 순간을
기쁨으로 바꾸어 놓는
기적의 선물입니다.

저의 사랑이고 운명이신 주님

언제나 기적을 주셔서 감사합니다.

축복이라는 이름의 하루

혼란스럽고 스트레스 가득한 도시에서 벗어나
경이로운 자연이 거대하게 펼쳐진 이곳
저의 반복되고 지친 하루하루에
태양 빛은 새로운 에너지를 주고
빛나는 햇살 속에서
신선한 아침 바람이 만들어내는 리듬에 맞춰
저는 바람과 함께 기쁨의 춤을 춥니다.

주님, 감사합니다.
이런 환상적인 순간 속에
제가 있게 하심에
감사드립니다.

물길에 휩쓸리지 않으며

강가에 앉아
떨어진 낙엽을 바라봅니다.

천천히 흐르는 물에
잎사귀들이 떠내려갑니다.

코로나바이러스로 뒤덮인 지금의 세상과
물길의 풍경이 닮은 것 같습니다.

물은 무정하게 흐르고
나뭇잎은 그 물길을 따라
의미와 희망 없이 사라집니다.

하지만 다시 가만히 생각해봅니다.
결코 인간의 존재는
헛되게 사라져버리는
저 우울하고 슬픈 낙엽과
같지 않다는 것을 깨닫습니다.

오히려 인간의 생은
기쁨의 삶입니다.
피할 수 없는 거대한 에너지로 가득 찬
거대한 강입니다.
인생은 그 자체로
기쁨, 희망 그리고 행복을 가지고 있습니다.

인생은 힘차고 생생한 물길에 휩쓸리지 않고,
새롭게 흘러나와
또 다른 길을 만들기 때문입니다.

오늘도

태양이 또 한 번 빛나며 나타났습니다.

꽃은 향기로운 아름다움을 뽐내며 피어났습니다.

강은 평화로이 새로운 물결을 바다로 나르고 있습니다.

오늘도,

이러한 새 생명의 조각들을 바라볼 수 있습니다.

오늘은 부활입니다.

선물

오늘 아침 비가 많이 내립니다.

하늘이 어둡고 날씨가 흐리며 춥습니다.

기분이 가라앉아 예수님께 물었습니다.

"왜 오늘 자연은 이렇게 슬픕니까?"

그분은 이렇게 대답하였습니다.

"지금은 비와 이슬이, 바람과 소나기가

주님을 찬미하고 있어.

잘 배우라,

모든 것이 나의 선물이고

모든 것이 나의 축복이다."

주님을 우리 삶에 초대한다면

인생은 그 자체로 아름답습니다.
때때로 어둠을 몰고 오는 구름이 있을지라도

나무들은 풍성한 가지로
우리 존재를 부드럽게 감싸 안아줍니다.

아주 밑바닥,
눈에 거의 보이지 않는 곳에 아주 작은 십자가가 있습니다.
멀리 떨어져 있는 것 같지만
그 작은 십자가는 모든 삶의 밑바닥에 있습니다.

주님을 우리 삶에 초대한다면,

주님은 언제나 우리 곁에서
희망과 힘을 주실 것입니다.
우리의 꿈을 응원해주실 겁니다.
바로 이것이 주님에 대한 믿음입니다.

그리고
우리에게 진실한 사랑이 가져다주는
기쁨과 자유를 가르쳐주실 것입니다.

빛과 그림자 그리고 무지개

인생에는
빛과 그림자가 함께합니다.

빛처럼 다가오는
황홀하게 아름다운 순간들
그림자처럼 따라오는
끝 모를 고독의 순간들

빛처럼 찾아오는
영원할 것만 같은
기쁨 어린 우정의 순간들
그림자처럼 다가오는

촛불 하나 없는
인생의 숲길
저는 때때로 그 어두운 길을
홀로 걸어갑니다.

빛과 그림자
그리고 무한한 기억의 파편이 깃든 인간의 삶
예수님은 기억의 조각들에
자비의 빛을 비춰주시고,
우리의 기억은 무지갯빛 추억이 됩니다.
우리의 인생은 환희의 선물이 됩니다.

새벽, 시간의 조각들

동이 트기 전 새벽
시간의 조각들

조각들 하나하나가
드넓은 새벽하늘을
눈부시고 다채로운 색깔로 물들입니다.

주님
당신의 사랑 안에 깃든
축제를 맞이한 듯한 기쁨
저를 뜨겁게 만드는 자유
그리고 말로 다 할 수 없는 행복

그 위대한 사랑이
수천 가지 색채를 간직한 새벽처럼
제 삶을 수놓습니다.

엄청난 사랑의 선물로
제 삶을 채워주시는 주님
감사합니다.

4장

겨울에도 온기를 잃지 않는 햇살처럼

황금빛 강물처럼

오늘 아침 새벽
부드러운 붉은색과 빛나는 푸른색이
멋진 색채로
저에게 환영의 인사를 건넸습니다.
가톨릭 전통문화에서 예수님은
빨간색(주님의 인간미)과 푸른색(주님의 존엄함)의 옷을
입은 것으로 그려집니다.
붉은빛과 푸른빛이 교차했던 그 순간
저는 예수님이 "너를 기다렸다"
말을 걸어주시는 것 같았습니다.

"내 아들아.

나는 네가 거친 길 위에서 해내야 하는
사제로서의 사명을 잘 알고 있고
깊이 너를 아끼는 마음으로
너와 함께 걷고 있단다.
나는 많은 것이 가능한 전능한 신으로서
고난을 이겨내는 힘을 주며,
너의 지상에서 순례가 이어지도록 할 것이다.
내가 언제나 너와 함께 하니 두려워 말아라."

다시 강을 따라 제 길을 가노라니
강물이 금빛 물결로 저를 응원하는 것 같았습니다.
이때 저는 예수님이 다시 나타나
두 번째 속삭임을 전하는 것 같았습니다.
"이 황금빛 강물처럼,
나의 영원한 기쁨을 길 위의 이웃들에게 전하며
빛나게 하여라.
내가 너의 가슴에 자리하게 한 행복을

이웃들에게 주거라."

저는 대답했습니다.

"네 주님, 그리하겠습니다.

당신이 주신 삶의 선물에 감사드립니다.

아멘"

예수님의 눈

우리는 정원으로 들어섭니다.
그곳에서 우리는
수천 종류의 아름다운 꽃들과 마주했습니다.
하지만 우리의 눈길은
단순하고
초라하지만
귀여운 장미로
향했습니다.
그 장미는 정원의 꽃들 가운데에서
제일 화려한 꽃은 아니었습니다.
하지만 우리의 마음은 그 꽃을 선택하고 사랑했습니다.
왜일까요.

이것이 사랑이기 때문입니다.

예수님도 우리와 같습니다.
예수님의 눈은
대단한 인간보다
작고
소박하고
가난한 인간을
가장 먼저 발견하십니다.
그리고 연약한 존재의 부족함을
감싸 안아주십니다.
왜일까요.
이것이 사랑이기 때문입니다.

삶

'신은 우주 안에 존재한다고 믿고 제 인생 전부를 의탁했는데 왜 이런 고통을 주시나이까?'
이런 물음 속에서 제가 짊어져야 할 십자가는 점점 무거워졌습니다.
이제 더 이상 언덕을 올라가지 못하겠다고, 모든 것을 내려놓아야겠다고 생각하며 언덕 아래를 보았습니다.
그때 한 가지 깨달음이 선선한 바람이 불어오듯 저를 스쳐 지나갔습니다.
"그럼에도 나는 살아 있다."
지금 이 순간 신이 주신 짧은 선물, 바로 '삶' 안에 놓여 있기에 우리는 이렇게 만날 수 있는 겁니다. 얼마나 경이롭고 기적 같은 일입니까.

그러니 이제 감사합시다.

이제 그만 내려놓고 용서합시다.

삶이 한순간에 부서질 수 있음을 깨닫고 이렇게 살아갈 수 있음에 감사해야 합니다.

시련을 겪은 이들의 동반자

매일 새벽 주님의 사랑이 태양처럼 떠오르고
저는 '하느님을 닮은 인간'으로
이 땅에 살기 위해 신부가 되었습니다.
모두를 천국으로 인도하고 싶었습니다.
하지만 그 길은 험난하기만 했습니다.
삶의 길은 복잡하고 소란스럽지만
수난과 고난의 여정은
제게 더 큰 목표들을 향해
더 낮은 곳의 이웃들을 향해
눈을 돌릴 수 있도록 도와줬습니다.
가난한 형제들과 함께하며
제 안에 있던 모든 죄책감을

비울 수 있게 되었고
마음은 하늘을 날 듯 가벼워지고
영혼은 무한한 기쁨으로 가득 차
세계를 향해 문을 열었습니다.
시련을 겪은 이들의 동반자가 되고자
오직 진실과 깊은 사랑을 등에 지고 길을 걷고 있습니다.

매일 새벽 주님의 사랑이 태양처럼 떠오르고
저의 그림자를 지워주시고
빛이 넘치는 하루를 만들어주십니다.
말로 표현할 수 없는 기쁨과
넘치는 에너지를 선물 받습니다.
감사합니다. 주님

그 어떤 두려움도 없이

예수님은 우리 가운데서의 하느님이신 '임마누엘'입니다.
주님은 인간 세상으로 오셔서
모든 사람 마음 안에 존재하는 하느님을 보시고,
우리의 동반자가 되셨습니다.
주님은 조금의 망설임도 없이 아무런 선입견도 없이
우리와 함께 길을 걸으십니다.
주님은 죄인을 만나도
거리의 노숙인을 만나도
사회로부터 따돌림당하는 사람을 만나도
눈을 맞추고 이야기를 나누십니다.
그 어떤 두려움도 없이!
사회는 이들을 무시하고 이들이 사라지기를 바라지만

예수님은 가난한 형제자매들을 잘 알고
마음 깊이 이해하고 사랑하십니다.
이 가난한 이웃들에게 필요한 구세주는
죄를 전혀 짓지 않는 완벽하고
천사 같은 사람이 아닙니다.
형제 같은 사람입니다.
손가락질하지 않고
더불어 나그네로 인생길을 함께 걸어갈 형제,
소외된 내 얘기에 귀 기울여주는 형제 말입니다.
가난한 이웃의 형제자매가 되는 일은 주님의 상처를 나눠야 하는 우리의 사명입니다.

"내가 진실로 너희에게 이르노니
너희가 여기 내 형제 중에
지극히 작은 자 하나에게 한 것이
곧 내게 한 것이니."(마태복음 25:40)

순교

순교자들은
세례 받는 순간
순교의 운명을 걸어야 한다는 것을 알면서도
세례를 받았습니다.
순교자들이
온갖 박해를 받으면서도 견딜 수 있는 이유는 단 하나,
바로 사랑입니다.
인간은 사랑을 위해서만 자신의 생명을 희생할 수 있습니다.
사랑하는 사람을 위해서라면
어떤 박해가 있어도 견뎌낼 수 있습니다.
순교를 설명할 수 있는 단 하나의 이유는 사랑입니다.

저도 주님의 사랑에 제 삶을 봉헌하며
저의 아버지와도 같은 김대건 신부님과
한국의 거룩한 순교자분들이 걸어오신 그 길 위에 서 있습니다.
35년 동안 주님이 친구삼아 주셨기에
주님이 손을 잡아주셨기에
여기까지 걸어올 수 있었습니다.

바다의 흔들리는 파도와도 같은
내 삶의 격렬한 역경
고요한 여정 속에서 마주하는
내 존재의 깨짐과 부서짐

이런 고통의 순간들이
주님의 사랑 속에서 빛의 광채로 변합니다.
다이아몬드처럼 빛나는 기쁨이 됩니다.
무한한 희망을 지닌 별이 되어 빛납니다.

진흙 속에서도 손을 내미시는 주여

주님, 부디 저를 용서해주소서.

주님, 제가 잘못했습니다.

제가 절망 속에서 몸을 가누지 못하고

제 얼굴이 진흙과 욕설로 뒤덮여 있던 시간,

저는 주님의 한결같은 보살핌을 의심하고 말았습니다.

주님, 정말 죄송합니다.

제 피부의 표피가

쓰디쓴 땀과 고통으로 얼룩져버려

주님과의 진실한 우정에

의문을 품고 말았습니다.

주님, 제가 진정 죄를 지었습니다.

끔찍한 고독과 소외가 제 영혼을 갈기갈기 찢어놓고

제가 고통으로 울부짖던 시간,

저는 당신을 향해 화를 내고 말았습니다.

오 주여, 참회합니다.

저의 죄를 사해주소서.

그리고 지금 저는 당신께 감사드립니다.

주님께서 쓰러져 있는 저에게 다가와주셨고

따스하게 감싸 안아주셨습니다.

"고맙다. 나의 영원한 친구야.

너의 영혼이 고통 속에서 부서져도

너는 영원히 잠들지 않았구나.

고맙구나, 나의 작고 사랑스러운 형제야.

공포로 가득 찬 상황 속에서도

너는 도망치지 않았어.

고맙다. 너는 연약한 인간이지만 나의 제자가 되어

언제나 내 곁에 있어 주는구나."

저는 이렇게 답했습니다.

주님, 저는 당신이 제게 주시는 한없는 사랑에

응답하려고 애쓰고 있습니다.
하지만 이 시련의 하루하루 속에서
저는 그저 제 곁에 계시는 당신의 얼굴을 바라볼 뿐입니다.
하지만 주님께 더 가까이 다가갈 수 있는 특별한 기회를 주심이 제 삶의 영광입니다.
당신은 제게, '겟세마네 언덕'에서 당했던 배신의 고난을
저도 그대로 느낄 수 있는
값지고 또 값진 기회를 허락하셨습니다.
저 역시 똑같은 고난의 언덕 위에 서 있습니다.
이 험난한 시간을 통과하며,
저는 찢어지는 슬픔과 깊은 고통
그리고 말할 수 없는 절망을
주님이 느끼셨던 것과 똑같이 느끼고 있습니다.
그러나 이 드라마와 같았던 순간, 수난의 시간은
제가 당신을 더 깊이 느끼고 이해할 수 있게 해주었고,
그래서 감사드립니다.

저는 보다 자유롭고, 보다 나답게
그리고 사랑으로 이 고난의 시절을 견뎌낼 것입니다.
감사합니다, 주님!

굶주림이라는 내 사명의 십자가여

주님, 당신의 깊고 큰 눈과 우아하고 섬세한 모습,
햇빛을 닮은 진실한 미소와 너무나도 아름다운 얼굴에
매혹됐습니다.
저는 눈을 떼지 못하고 한없이 바라보았습니다.
당신은 운명적으로 사랑에 빠지기에 충분한 존재였습니다.
당신을 향해 인생을 건 사랑을 시작한 제게 주님은 먼저
다가오셨고 다정하고 자상하게 속삭이셨습니다.
"나를 따르거라."

저는 즉시 저를 둘러싼 모든 것을 버렸습니다.
다시 태어나 당신의 발자국을 따라 걷기 시작했습니다.
그 길 위에서 들린 당신의 목소리여!

당신의 입술에서 흘러나오는 말씀은 지성과 지혜로 흘러넘쳤고 저는 그 말씀을 붙들고 앞으로 나아갔습니다.
그 길 위에서 본 당신의 단순한 몸짓들!
몸짓 하나하나는 저와 모든 이들을 일으켜 세우는 희망의 찬가로 울려 퍼졌습니다.

저는 비로소 꿈을 꾸기 시작했습니다.
배고픔이 없는 아름다운 세상!
서로가 서로에게 형제자매가 되어 더불어 돕고 함께 사는 아름다운 세상,
바로 '보시니 좋은 이 세상'을 만들자는 꿈!
그 꿈을 주님과 함께 꾼다는 것은 제 가슴을 뜨겁게 흔드는 영광이었습니다.

그런데 그때 눈앞에 나타난 가파른 절벽과 험난한 산.
저는 재빨리 뒤돌아 주님 당신을 처음 만났던 초록빛 평원과 푸른 호수를 찾았지만, 모든 것은 사라진 뒤였습니다.

험난한 길이 시작되자 함께 걷던 사람들은 주님을 비난하고 위협했습니다.
저는 이해할 수 없었습니다. 한없이 무서웠습니다.

그때 주님이 나타나 따뜻하게 감싸 안으시며 다시 속삭이셨습니다.
"의심하지 말아라."
저는 이 말을 굳게 믿고 주님과의 여정을 이어갔습니다.
믿음의 걸음을 옮기던 어느 날 갑자기, 주님은 저의 두 어깨에 거대한 나무 십자가를 올려놓으셨습니다.
"이 십자가는 굶주린 형제자매들의 상처란다. 어떤 순간에서도 내려놓지 말아라."

주님이 제 곁에 계심을 알기에 십자가의 사명은 두렵지 않았습니다.
주님을 향한 사랑으로 내 사명을 짊어지고 걸어가리라.
하지만 시간이 지날수록 제 두 어깨를 짓누르는 십자가

는 무거워져만 갔습니다.
제 얼굴과 어깨는 진흙과 붉은 피로 범벅이 됐고 굳은 의지가 저를 겨우 일으켜 세웠습니다.
그러나 그것도 잠시 다시 십자가는 떨어지고 저는 넘어지고 십자가와 함께 쓰러졌습니다.

그때 주님이 다시 찾아오셨습니다.
무한한 품으로 제 존재를 안아주셨습니다.
아 이 황홀한 순간,
"주님 제발 저를 두고 떠나지 마세요."
하지만 당신은 홀연히 멀어져갔습니다.
제 영혼은 주님이 곁에 없어도 언제나 저와 함께하심을 알았지만, 제 육신은 닳아 없어질 것 같은 고통과 피곤함, 끝을 알 수 없는 고독으로 울부짖었습니다.
'이 저주받은 짐 같은 십자가를 던져버리고 싶다.'
하지만 그 고통의 순간에도 주님은 제 영혼 안에 계셨고 신비로운 인연의 고리로 이어져 당신의 현존하는 사랑이 저를 일으켜주셨습니다.

그러나 저는 오늘 또다시 십자가를 떨어뜨린 채 피범벅이 된 얼굴과 산산조각난 가슴을 안고 또다시 쓰러졌습니다.
저는 더 이상 일어서고 싶지 않았습니다.
주님은 다시 저에게 다가오셨고, 부드럽게 입을 맞추며 속삭이셨습니다.

"얘야, 우리가 함께 이야기 나누고 꿈꾸었던 아름다운 세상은 큰 목소리와 화려한 언어로 만들어지는 것이 아니란다.
오직 '사랑'으로 '사랑'만이 '사랑'을 나눌 때 꿈꾸는 세상을 만들 수 있단다.
사랑은 그 자체로는 공허하지만, 누군가와 나눌 때 진실한 사랑으로 승화해 처절한 배고픔을 충만한 행복으로 채워줄 거야.

그리고 내 사랑이 언제나 너를 일으켜 세워줄 것이다.
더 이상 방황하지 말아라."
저는 저 자신을 버리고 주님의 얼굴을 응시했습니다.
진실한 그 얼굴을 바라보며 헤아릴 수 없는 사랑의 깊이와 새로운 사랑의 가치를 제 것으로 받아들였습니다.
주님이 저에게 주시는 사랑은 온전함과 무한함 그 자체지만, 동시에 제 온몸의 모든 세포가 가난한 형제들을 위해 바쳐지기를 바라십니다.

저는 일어났습니다.
이웃들의 굶주림이라는 '사명의 십자가'를 결코 놓지 않으리!
새로운 한 걸음 옮겼습니다.
저는 또 한 번 다시 태어났습니다.
이 운명의 여정은 보다 평화롭고 진정 '보시니 아름다운' 세상으로 가는 길이니!
주님은 마지막으로 저를 감싸 안으셨고 제 영혼은 말로

다 할 수 없는 은혜로 벅차올랐습니다.
사제로서 걸어나가는 험난한 순례의 여정 속에서 주님의 불가해한 사랑만이 앞길을 밝히는 빛이며 진리며 생명이니!
다시 그 사랑은 낮은 곳의 이웃들과 함께 걷는 '운명의 십자가'를 품게 하십니다.
숭고한 사랑과 저 자신의 한계가 교차하는 십자가 사제로서 제 두 어깨에 짊어진 '사명의 십자가'에 오늘도 경배하며 다시 한 걸음을 옮깁니다.
모든 것에 감사드립니다. 주님.

저는 믿지 않습니다

저는 글로써 배운 하느님을 믿지 않습니다. 그러나 저는 믿습니다. 안나의 집에서 본 이들의 삶에서 만난 그런 하느님을 저는 믿습니다.

저는 믿지 않습니다. 저 먼 곳에 계시는 철학적인 하느님을 말입니다. 천사와 대천사들, 케루빔과 세라핌의 합창으로 "하느님에게서 나신 하느님, 빛에서 나신 빛, 참 하느님에게서 나신 참 하느님으로서 창조되지 않고 나시어"라고 하늘 높은 곳에서 찬양받으시는 하느님을 저는 믿지 않습니다.
그러나 저는 믿습니다. 연약한 아들이 되신 아버지 하느님을, 그리고 그분이 저를 만나기 위해 어린 소녀의 여리고 섬세한 자궁을 택하셨다는 것을 믿습니다.

저는 이제 더 이상 전지전능하신 창조주 하느님을 믿지 않습니다. 우주를 마법의 순간으로 만드시고, 그런 다음 이름 모를 진화의 과정 속에 무정하게 외면해버리시는 그런 하느님을 더 이상 믿지 않습니다.
그러나 저는 믿습니다. 저와 더불어 날마다 세상을 새롭게 창조하시고, 행복한 관계를 맺으시며 사랑과 상상력을 불어넣어주시는 그런 하느님을 저는 믿습니다.

저는 믿지 않습니다. 티 없이 거룩한 멜기세덱과 같은 영원한 대사제를, 죄인들과 떨어져 귀족처럼 하늘에 들어 올려져 희생의 대가로 빛나는 안식처를 요구하는 그런 하느님을 저는 믿지 않습니다.
그러나 저는 소박한 하느님을 믿습니다. 값비싼 전례복을 거부하시고 솔기가 없는 헐렁한 옷을 입으시고는 나병 환자들의 더러운 손에 감염되고 기름때 낀 채로 사람들의 삶의 터전에서, 그들의 집이나 광장에서 그들을 만나주시는 하느님을 저는 믿습니다.

저는 천하무적 신 중의 신, 하느님을 믿지 않습니다. 강력한 천둥 속에 거하시면서 무찌를 때까지 적과 싸우고, 파괴하고, 굴욕감을 주고, 파멸시키는 불굴의 하느님을 저는 믿지 않습니다.
그러나 저는 모든 사람의 마음에 다정함과 연민으로 파고들어와 말도 안 되는 신성한 방식으로 원수를 사랑하고 자기를 박해하는 자를 위해 기도하라고 요구하시면서 사람들의 마음을 기쁨과 용서로 다스리시는 그런 하느님이자 형제를 믿습니다.

저는 전지전능하신 하느님을 믿지 않습니다. 기도를 미신처럼 읊조리며 제 간청을 들어달라는 이들에게 엄청난 봉헌을 요구하고 손쉬운 안위와 축복을 줌으로써 행복과 건강을 마술처럼 가져다주는 그런 하느님을 저는 믿지 않습니다.
그러나 저는 믿습니다. 기도란 아들과 그를 사랑하는 아버지 사이의 대화를 신뢰하는 단순한 행위임을 가르쳐 주신 그런 하느님을 저는 믿습니다.

저는 우리 인류의 극적인 사건들 앞에서, 우리가 느끼는 고통으로부터 멀찍이 떨어져 아무런 상관도 하지 않으시는, 무심하고 덤덤한 그런 하느님을 믿지 않습니다.
그러나 저는 연민과 자비 가득한 하느님을 믿습니다. 손바닥에 저의 이름을 적어두시고 사랑하는 자녀들의 극심한 고통을 보시고는 그분 스스로 고통스럽게 되시어 인간이라는 존재의 마지막 비극적 순간인 '죽음'까지도 함께하시는, 그런 하느님을 저는 믿습니다.

저는 주님께서 그분의 쓰디쓴 적들 위로 쉽고 위풍당당하게 부활하셨음을 믿지 않습니다.
그러나 저는 그분의 길고도 지치는 파스칼의 여정을 믿

습니다. 불신과 의심 그리고 기쁨이 같이 스며 있는, 그러나 마침내 종국에는 그분께서 고통과 죽음을 이기신 그 길고 위대한 부활의 여정을 저는 믿습니다.

나는 사랑에 빠졌습니다

나는 미친 듯이 사랑에 빠지면서 하느님에게 매료되었습니다.

하느님은 팔레스타인의 먼지 가득한 길을 걸어 내게로 부드럽게 다가와 안위와 행복의 길은 나눔과 사랑이라고 가르쳐주셨습니다. 그의 존재는 나 자신을 다른 이들에게 주는 선물로 여기며 매 순간 살아 숨 쉬게끔 했습니다.

하느님은 식탁에 앉아 죄인들과 매춘부들과 함께 식사하셨습니다. 그리고 하느님은 당신을 만날 수 있는 조건으로 나에게 순수하고 흠 없는 영혼을 요구하지 않으셨습니다. 대신에 한없이 연약한 죄인인 나를 있는 그대로 받아들이시고 사랑해주십니다. 그리고 하느님께서 간절히 원하시고 기획하셨던 그 감사로운 만남을 통해 그분을 따르고 사랑하고자 하는 나의 열망과 기쁜 바람이 생겨났습니다.

하느님은 겸손한 스승으로서 가장 중요한 설교를 하실 때, 손에 잡히지 않는 가르침을 제시하시거나 이해하기 어려운 도덕적 지침을 강요하시면서 호화로운 회당을 택하지 않으셨습니다. 대신 싱그러운 잔디가 가득한 푸른 언덕을 골라 평범한 사람들에게 이렇게 말씀하셨습니다. "가난한 사람들, 너희는 행복하다. 고통받는 사람들, 너희는 행복하다. 굶주린 사람들, 너희는 행복하다. 왜냐하면 이제 너희는 위로를 받기 때문이다."

하느님은 권세 있는 자들을 그들의 자리에서 끌어내리시고 가난한 자들을 일으켜 세웁니다. 그리고 그분은 부유하고 오만하며 자만한 사람들과 계속해서 맞서며 다

툼을 이어가십니다. 하지만 그분은 언제나 비참한 자들을 기쁘게 반기시고 빈자나 죄인을 절대 내치지 않으십니다.

하느님은 무섭게 생긴 석상 앞에서 부족한 기도를 올릴 필요가 없다고 가르쳐주시며 대신 자애롭게 들으시고 내 마음의 소리 없는 한숨 소리를 느끼시는 분이십니다. 고통을 삼켜버린 마음, 희망으로 부푼 마음을 내가 표현하기도 전에 하느님은 알아주십니다.

하느님은 누더기를 기운 앞치마를 두르시고 땅에 무릎을 꿇고 앉으셔서 배반자 유다 이스카리옷의 두 발을 사랑스럽게 씻겨주셨습니다.

하느님께서 그의 사형집행인 앞에서 무릎을 꿇으시다니 이 얼마나 비극적이고 믿기 어려운 순간입니까. 나는 이것이 바로 기적과도 같은 새 삶이 시작된 놀라운 순간이라고 믿습니다. 곧 하느님의 나라, 평화와 사랑과 용서라는 새 차원이 말입니다.

하느님은 부활하신 후 남아 있는 몇 안 되는 제자들을 호숫가로 불러 모으셨습니다. 그러고 나서 그분은 그들을 책망하지 않으셨고 그들의 비겁함을 꾸짖지도 않으셨으며, 그들이 아직 이해하지 못한 믿음의 마지막 신학적 진리들을 가르치지도 않으셨습니다. 그러나 그분은 불 위에 물고기 몇 마리를 올려놓고 어머니와 같은 부드러운 사랑으로 그들에게 말씀하십니다. "너희는 밤새도록 일해서 피곤할 터이니 와서 먹어라." 그토록 깊은 인성과 매우 경이로운 신성을 지닌 하느님께서는 얼마나 놀라운 분이십니까!

하느님은 나를 다정하게 받아주시고, 용서하시고 포옹하시고 나서 나에게 속삭이십니다. "나는 너를 더 이상 종이라 부르지 않는다, 왜냐하면 종은 그의 주인이 하는 일을 알지 못하기 때문이다. 그 대신 나는 너를 '친구'라 부른다." 내가 '하느님의 친구'라니……. 이 얼마나 엄청나고 신비로운 일입니까!

불행히도 과거에 나는 연구되고 이해되어야 할 신학적, 윤리적 틀 속에 하나님을 종종 가둬두고는 했습니다. 이제는 알았습니다. 그분께서는 아주 신나는, 자유와 기쁨의 경험이라는 것을 말입니다. 내가 만난 그분은 살아계신 분이십니다. 상호 호혜성과 책임감의 개인적인 관계 속에, 그 관계 속에서 그분은 나에게 지금과는 다른, 더 나은, 더 아름다운 세상을 만드는 데 협력하자고 요청하십니다. 사랑이라는 바탕 위에 세워진 그런 세상을. 그분은 진정 살아 있는 경험이시며 나같이 하찮은 존재의 삶의 매 순간마다 살아계신 분이십니다.

믿음은 아름다운 선물처럼

늦은 저녁, 한 자매님에게서 연락이 왔습니다.
"제 남편이 지금 몹시 아파요.
의사는 마음의 준비를 하라고 해요.
병원에서는 남편에게 더 이상 해줄 것이 없대요.
신부님, 내일 병원에 오셔서 기도해주실 수 있을까요?"
자매님은 간절하게 부탁했습니다.

저는 기꺼이 부탁을 받아들이고,
다음 날, 두 시간을 운전해 병원으로 향했습니다.
병원에 도착해 남편 라파엘이 누워 있는 침대로 향했습니다.
네 살짜리 딸을 둔 서른아홉 살의 라파엘,

아프기 전에는 유망한 금융 컨설팅 회사의 직원이었습니다.
라파엘의 아내는 아직 한참 젊은 서른다섯의 나이로
남편의 병간호를 하느라 헝클어진 머리에
티셔츠는 눈물로 흠뻑 젖어 있었고,
그런 모습이 제 마음을 고통으로 물들였습니다.

저는 라파엘 부부와 함께 손을 잡고 기도를 시작했습니다.
그런데 시간이 지나 의사는 제가 병동에 있는 것을 보고
화가 나서 저에게 묻기 시작했습니다.
"여기서 뭐하시는 겁니까?
병원 직원들이 일하는 것이 보이지 않습니까?
면회 시간은 이미 끝났습니다."

저는 대답했습니다.
"저는 의료진이 더 이상 할 수 없는 일을 하고 있습니다.
저는 라파엘이 지금 가장 절실하게 필요한

믿음과 희망을 주고 있습니다."

그렇습니다.
'믿음'은 죽음의 문턱 앞에 선 형제자매들에게
어둠의 심연을 밝혀주는 유일한 한 줄기 빛입니다.
부모들은 자녀들에게 훌륭한 교육, 유행하는 옷,
좋은 집과 차, 넉넉한 용돈, 재정적 지원을 위해
아니 훨씬 더 많은 것들을 주기 위해 자신의 인생을 희생합니다.
하지만 이 지구상의 물질적인 것들은
어느 날 죽음에 휩쓸려 흔적도 없이 사라지고 맙니다.
지상에 존재하는 모든 물질은 언젠가는
외로움과 고통에 자리를 내주며
그 어떤 위로의 말도 전하지 않습니다.

결국 오직 믿음이라는 선물과
주 그리스도를 향한 희망만이

자녀들과 나눌 수 있는 가장 아름답고 중요한 선물이 될
것입니다.
이 믿음과 희망은 인생의 처음부터 끝까지 동행하며
영원한 구원으로 안내하는 유일한 선물입니다.
이 귀중한 선물은 일생을 함께하며
누구에게나 찾아오는 공포와 고통으로 가득 찬
죽음의 문턱에서
마지막 힘이 되어줄 것입니다.
인생의 마지막 순간,
당신이 결코 혼자가 아님을 일깨워주는
'유일한 구원' 그것은 바로 '믿음과 희망'입니다.

한 해가 시작되는 지금 이 순간

주님, 당신은 '천상의 빵'이십니다.
배고픈 이웃들의 허기를 채워줄
양식을 우리에게 주소서.

주님, 당신은 무한한 사랑이십니다.
외로운 이웃들을 따뜻하게 감싸줄
사랑의 품을 우리에게 주소서.

주님, 당신은 진정한 평화이십니다.
갈등 속에 있는 이웃들을 위로해줄
화해의 언어를 우리에게 주소서.

주님, 당신은 빛나는 영광이십니다.
어둠 속 이웃들의 등불이 되어줄
밝은 빛을 우리에게 주소서.

새해가 시작되는 지금,
여기 모인 우리가 주님의 영원한 축복의
작은 조각들이 되어
함께 사랑할 수 있도록 도와주소서.

나의 발자국

부드러운 파도가 밀려드는
고요한 모래사장을 따라 걷는 나
내 발걸음을 따라오는
발자국들

셀 수 없이 깊이 새겨진 내 발자국들
내 마음속 상처를 닮은 내 발자국들

삶의 상처는 인간 존재로서 숙명이니!
주님이 우리 곁에 계실지라도
주님이 우리를 인도하실지라도
고난은 우리가 짊어져야 할 십자가

눈부신 파도가 밀려와
고요한 모래사장에 남긴
나의 고통의 발자국을 지울 때까지
나와 함께 걷는 내 발자국들

인간의 상처를 낫게 하시는
축복의 파도는
오직 주님 당신이 지닌
바다를 닮은 사랑

그 드넓은 사랑으로
아픔을 어루만지고
영혼을 달래주시며
고통을 지워주소서.

주님 아멘.

사명이라는 길을 따라

회색빛 구름이 그늘을 드리우고
마음이 끝없이 가라앉는 아침,
기쁨은 찾아볼 수 없고,
끝이 보이지 않는 풀밭을 나 홀로 걸어갑니다.

'사명'이라는 길을 따라 걷는
제 곁에는
바닥이 보이지 않는 강물만이
어두운 그림자처럼 따라 흐릅니다.

내 마음에 먹구름이 드리우고
더 이상 버틸 수 없을 때,

갑자기 아주 갑자기
먹구름에 한줄기 빛이 비칩니다.

그 찬란한 빛으로
풀은 에메랄드 초록의 빛깔을 얻고
그 눈부신 햇살은 내 마음을 어루만지며,
지친 내 존재를 안아줍니다.

이제야 긴 강물에
빛나는 별들이 무리 지어 흘러가며
행복의 조각들이 수면 위에
반짝입니다.

나의 운명이신 주님,
당신의 사랑으로 나를 어루만져주소서.
나의 길이신 주님,
당신의 사랑으로 제 사명이 환희로 빛나게 하소서.

나의 생명이신 주님,

당신의 사랑으로

회색빛 세상 속에서 언제나 함께

형제자매들과 웃게 하소서.

Part 2

이웃과 함께한 안나의 집

1장

혼자가 아닌 함께

이 글은 '안나의 집' 가족들의 감사의 편지이자 희망의 기록이다.

‘불량아’에서 ‘우량아’로

공동생활가정 김○○

저는 안나의 집에 입소한 지 아직 1년이 되지 않았습니다. 입소하기 전까지 저는 흔히 말하는 ‘불량 학생’이었습니다. 학교도 빠지고, 싸움도 자주 하고, 이유 없이 반항만 했던 것 같습니다. 그러다 딱 한 번, 친구들과 사고를 쳐서 경찰서까지 끌려갔습니다. 반성문을 쓰고 예방교육을 받고 나왔는데, 어쩐지 저 자신이 너무 한심하고 싫어지기까지 했습니다.

다시는 이러지 않겠다고 굳게 다짐하던 즈음해 안나의 집에 들어오게 되었습니다. 예전의 나로 돌아가지 않기 위해, 그 다짐을 지키고자 지금도 노력하고 있습니다. 제 속사정을 아시는 선생님들과 형들도 제가 다른 마음을 먹지 않도록 정말 많은 조언과 도움을 주었습니다. '성실해졌다', '많이 바뀐 것 같다' 등 요즘 들어 칭찬도 종종 듣고 합니다. 남을 돕는 입장도 되어야 한다고 생각해 봉사단에 참여하기도 했습니다. 이 봉사단은 조만간 캄보디아로 해외 활동을 나갈 예정입니다. 조금 두렵기도 하지만 잘 해내려고 합니다.

짧은 기간이지만 안나의 집에 머무르며 가장 감사했던 것은 바로 안나의 집이 저에게 끊임없는 기회를 주신다는 점입니다. 저는 제가 생각해도 변덕이 심한지, 해보고 싶은 것이 매번 바뀌는데도 그 많은 것을 경험하도록 기회를 주셨습니다. 봉사단과 같은 특별활동, 운동으로는 주짓수와 태권도, 자격증으로는 미용과 바리스타 등등. 저는 이제 곧 정식 바리스타가 될 것입니다. 아직은 먼 미래지만 제 가게를 차리고 싶다는 꿈도 갖게 되었습니다. 언제, 어디가 될지는 모르겠지만 꼭 제7탄 커피 드시러 오세요!

나에게 가장 큰 변화를 안겨준 쉼터

성남시단기청소년쉼터(남자) 김○○

난 쉼터에 와서 많이 변했다. 쉼터에 오기 전까지는 술 마시고, 담배 피우고, 학교 결석은 기본. 가출, 오토바이 폭주, 폭행 및 절도에 이르기까지 많은 비행을 저질렀다. 옆 학교의 소위 잘나가는 친구와 어울려 다니며 학교에 빠지고, 무슨 일에서든 말보다 주먹이 앞섰다. 하지만 쉼터에 오고 나서부터는 친구들 사이에서 말로 풀려고 노력하고, 학교도 잘 다니고 있다. 수학 성적이 9점 올라서 선생님들의 칭찬도 많이 받고 글쓰기로 최우수상을 세 개나 받았다. 지금까지 수많은 잘못을 해 와서 학교에서도 학교폭력위원회, 선도위원회가 여러 번 열렸지만, 쉼터에서는 교육도 많이 받고 선생님들의 도움도 많이 받아 더는 그런 일이 일어나지 않고, 경찰서에도 불려가는 일도 없고, 내 행동도 많이 달라졌다.

가족들과 관계도 더 좋아졌다. 더 중요한 건, 옛날에는 학교 소풍이나 운동회가 참 싫었는데, 이제는 '가고 싶다'는 생각이 들기도 한다. 담당 복지사 선생님에게 운동회날 오시라고 말씀드렸고 선생님이 정말로 와주셨다. 내가 이렇게 긍정적으로 생각하게 된 계기는 쉼터에서 수많은 교육과 선생님과의 상담을 통해 조금씩 배워가고, 느끼고, 깨닫는 바가 많아졌기 때문이다. 쉼터에 온 후 나의 담당 선생님이신 병 선생님을 포함해 여러 선생님들, 형들과 같이 이야기하다 보니 더는 내가 이렇게 살 수는 없겠구나 느꼈다. 쉼터에서 생활하면서 가장 좋았던 건 내가 보호받는다는 걸 느끼게 되었을 때였다. 그리고 이제 가족과 사이가 좋아져 할머니 댁으로 들어가 지내게 되었다. 앞으로의 생활도 잘해내갈 것이고 계속 좋은 쪽으로 변할 것 같다.

혼자가 아닌 나

성남시중장기청소년쉼터(남자) 강○○

안녕하세요. 저는 중장기쉼터에서 지내고 있는 강00 입니다.

저는 군 전역 후 집안 사정으로 인해 고민하다 중장기 쉼터 소장님에게 연락을 드려 다시 쉼터에 입소하고 싶다고 말씀 드렸습니다. 그리고 소장님과 상담 후 쉼터에 재입소하게 되었습니다. 저를 다시 받아주신 선생님들께 너무 감사드립니다.

과거 저는 영상 쪽 공부를 했습니다. 하지만 전역 후 고민을 하게 되었습니다. '영상으로 성공할 수 있을까?' 고민하고 있을 때 중장기 선생님이 영상 공모전에 한번 응모해보자고 조언해주셨습니다. 저는 일단 '해보자'라는 마음으로 중장기쉼터 홍보영상을 만들어 UCC영상 공모전에 출품했고, 운 좋게도 한국청소년쉼터협의회 이사장상을 수상했습니다. 상을 받고 저는 다시 한번 결심하게 되었습니다. '계속해보자'고 말입니다. 그리고 중장기쉼터 소장님의 추천으로 정말 좋은 후원자님을 만나 후원자님 회사에서 일을 배우고 등록금까지 지원받게 되었습니다. 그래서 저는 학교에 다시 복학할 수 있었습니다. 그사이 일도, 학업도 열심히 한 것을 인정받아 모범청소년표창(근로부문)을 경기도지사님으로부터 받기도 했습니다.

여러 많은 분들의 도움으로 복학해 공부하면서 졸업 작품까지 준비할 수 있었습니다. 이때는 정말 힘은 들었지만, 늦게까지 작업하고 들어오면 중장기쉼터 아이들이 "형, 수고했어요"라는 말을 해줄 때 힘들어도 뿌듯했습니다. 그리고 졸업 작품으로 학교에서 촬영상, 우수상을 받았습니다. 지금까지의 고생이 다 잊힐 정도로 큰 보람이 되었습니다. 물론 아쉬움이 많이 남는 작품이었지만, 졸업 작품을 준비하면서 내가 아직 부족한 점이 많다는 것을 깨닫게 되었습니다.

저의 부족함을 기억하고 이제는 취업을 해서 실수 없이 열심히 해보겠습니다. 그리고 제가 이제 스무다섯 살이 되어 더는 중장기쉼터에는 남아 있을 순 없지만, 자립관에 입소해 정말 열심히 생활하겠습니다. 그리고 선생님들에게 항상 감사함을 느끼고, 힘든 저를 항상 위로해주셔서 진심으로 감사합니다.

초등 4학년 때 처음으로 만난 안나의 집

공동생활가정 유○○

초등학교 4학년 때 안나의 집을 처음 알게 되었고 그 이후로 이곳에서 생활하고 있습니다. 처음에는 여기가 뭐하는 곳인지, 어떻게 지내야 하는지 모르고 많이 막막하기만 했습니다. 그러다 이런저런 프로그램에 참여하면서, 안나의 집은 아이들에게 여러 도움을 주고 동시에 다방면으로 많은 것을 배울 수 있도록 이끌어준다는 것을 알게 되었습니다. 제가 할 줄 아는 게 많이 없었는데, 그럼에도 선생님과 형들은 제가 편하게 지내면서 잘 적응해나갈 수 있도록 많이 도와주었습니다. 제가 지금 이곳에서 편하고 만족하며 지낼 수 있는 것도 모두 다 저를 도와줬던 선생님과 형들 덕분이라 생각하며 감사히 지내고 있습니다.

이곳에서 또 감사했던 점은 제가 여러 일로 많이 힘들어할 때 저의 고민을 들어주시면서 어떻게 문제를 풀어나갈 수 있을지 같이 고민해주셨던 것입니다. 함께 고민하다 보니 크게 힘들지 않고 문제를 해결할 수 있었습니다. 저는 진심으로 이곳에 지내면서 '아이들을 위해 많이 생각하고 또 생각해준다'라고 느낄 수 있었습니다.

저는 잘하는 것도 없고 하고 싶은 것도 없고, 자존감도 낮고 소심하고 표현도 잘 못하는 아이였습니다. 하지만 수많은 도움 덕분에 지금의 저는 어디를 가든 활발하고 적극적이며 표현도 잘할 수 있는 아이로 바뀌었습니다. 최근에는 소프트웨어 분야에 관심이 생겨 그와 관련된 고등학교를 지원했고, 많은 선생님과 친구들의 응원으로 인해 제가 가고 싶었던 고등학교를 합격했습니다. 이 모든 변화와 자신감이 생긴 것은 초등학교 4학년 때부터 현재까지 안나의 집의 도움이 컸다고 믿으며 항상 감사하면서 지내고 있습니다.

나를 변하게 해준 곳

성남시단기청소년쉼터(남자) 홍○○

저는 검정고시 학원의 동생 소개로 처음 쉼터에 입소하게 되었습니다. 쉼터라는 곳을 처음 들었을 때는 가출한 청소년을 보호하는 시설인 줄만 알았습니다. 하지만 동생에게 설명을 자세히 들어보니 공부를 이어갈 수 있도록 도와주고, 취업을 연계해준다는 것을 알게 되어 입소까지 결정하게 되었습니다.

처음 쉼터를 들어왔을 때는 제가 잘 적응할 수 있을지 걱정되었습니다. 하지만 생각보다 선생님들이 많은 배려를 해주셔서, 지내는 데 큰 불편이 없었습니다.

쉼터에 지내면서 여러 도움을 받았는데, 제일 기억에 남는 것은 수련활동과 직업체험이었습니다. 특히 가을

추계캠프에서 선생님들과 친구들과 축구, 족구를 하면서 친해지고 같이 협업하는 모습이 너무 좋았고, 캠프파이어를 했을 때 레크리에이션을 하면서 많은 경험을 했습니다. 직업체험에서는 가죽공예가 가장 기억에 남는 것 같았습니다. 뭔가를 만든다는 게 저의 성취욕을 자극했고, 혼자서 뭔가를 해낸다는 게 정말 뿌듯했습니다.

지금도 기억에 남는 가장 감사했던 순간은, 제가 잘못을 저질러서 지방법원에 갔을 때 선생님이 해주신 말씀이었습니다.

"괜찮아, 다 잘 될 거야. 긴장하지 말고 잘 갔다 와. 소년원에는 안 갈 거야."

이 말을 듣고 저는 생각했습니다. '나를 걱정해주는 사람이 있구나.' 그래서 더욱 선생님들에게 믿음이 생기고 마음이 한결 편해졌습니다. 그리고 지방법원에서 1,2,4호를 받고 한 달 뒤에 수강 교육을 다 마치고 나쁜 짓을 두 번 다시 저지르지 않겠다고 다짐했습니다.

전 지금껏 많은 배려를 받고 지내왔지만, 앞으로는 저

도 다른 사람을 배려하면서 살고 싶습니다. 그래서 저의 목표를 이루고, 선생님에게 받은 은혜를 갚고, 기부도 할 것입니다. 그리고 가장 먼저 나에게 항상 "사랑해요"라고 말해주시는 신부님에게도 감사와 존경의 마음을 전합니다.

마지막으로 쉼터 선생님들, 항상 보살펴 주시고 아껴주셔서 감사합니다. 나중에 제가 이 은혜 꼭 갚겠습니다. 그리고 사랑합니다.

나의 꿈, 나의 미래

성남시중장기청소년쉼터(남자) 김○○

저의 어린 시절을 생각하면, 꿈을 갖기보다는 현재의 힘든 상황을 벗어나고 싶은 마음이 너무 커 다른 데를 바라볼 여유가 없었습니다. 하지만 초등학교 6학년 때, 청소년쉼터에서 생활하기 시작하면서 조금씩 미래에 대한 생각이 변하기 시작했습니다.

초기 쉼터 생활을 할 때만 해도 저는 선생님이나 친구들에게 말 한마디 하는 것이 어려웠고, 다른 사람들과 눈도 잘 마주치지 못했습니다. 그러나 많은 연습을 통해 친구들과의 관계도 좋아지고, 미래에 대한 준비도 할 수 있게 되었습니다.

누군가는 저의 꿈이 작다 할 수도 있겠지만, 저는 '평범한 사람'이 되는 것이 꿈입니다. 그래서 저는 고등학교 졸업 후 취업 준비를 위해 여러 가지 자격증(바리스타 2급, ITQ 한글, 엑셀, 파워포인트)을 취득하기 위해 노력했고, 그 결과 최근 취업에 성공했습니다. 하지만 취업 후에도 꾸준한 배움과 자기 계발이 필요하다는 것을 알기에 지금도 업무에 필요한 자격증을 따려고 노력하고 있습니다.

저는 지금까지 응원해주신 많은 분들의 성원에 보답하기 위해서라도 자립해서 열심히 사는 모습을 보여드리고 싶습니다. 하루빨리 안정적으로 자립해서 몸이 불편하신 아버지와 어렵게 생활하고 있는 친형과 함께 한집에 사는 것이 저의 꿈입니다.

꿈이라고 말하고 싶습니다. 어른들은 특별한 꿈을 생각하라고 하시지만 저는 그저 평범한 사람들처럼 평범한 삶을 사는 것이 저의 소중한 꿈입니다.

어둠에서 밝은 빛으로 변한 내 인생

노숙인자활시설 정○○

초등학교 때 뇌암으로 아버지가 돌아가셨으며, 그로 인해 혼자 경제 활동을 하면서 어머니를 모셨습니다. 샌드위치 사업을 14년간 했지만, 장사가 안 되어 2000년도에 그만두었고, 그 후 일용직을 하면서 2015년까지 어머니와 함께 단둘이 살았습니다. 그러다 어머니가 갑자기 심장마비로 돌아가셨습니다. 제가 어머니 상태를 좀 더 빨리 알았다면, 그래서 좀 더 빨리 병원에 모시고 갔다면 돌아가시지 않았을 거라는 생각에 큰 죄책감에 시달렸고, 그 일을 계기로 노숙을 하기 시작했습니다.

서울과 수원에서 주로 노숙 생활을 했고, 겨울에는 너무 추워 때때로 일용직이라도 나가서 돈을 벌어 사우나에서 지냈습니다. 그러던 중 건설 현장에서 일하다 아래로 추락해 다리를 다치게 되면서 제대로 걷지도, 일을 할 수도 없게 되었습니다. 또 다시 실의에 빠져 있던 차에 인간극장에 나오는 안나의 집을 우연히 보게 되었고, 그 길로 영등포에서 성남으로 바로 와서 노숙인자활시설에 입소했습니다. 심신이 모두 지쳐 있던 상태라 입소해서는 한동안 안정을 취했고, 그 후 안나의 집에서 연계한 작업장에서 근무하면서 사회복귀를 위한 준비를 하게 되었습니다. 규칙적인 식사와 운동, 치료로 덕분에 다친 다리도 많이 나아져 거동도 할 수 있게 되었고, 작업장에서 받은 보수로 300만 원 정도 돈도 모았습니다. 그리고 새로운 직장(조립식 판넬)에 취업하면서, 자활시설에서 퇴소하게 되었습니다.

어머니의 죽음으로 인한 죄책감과 거동이 불편한 다리 등등… 삶에 대한 미련이 없고 노숙까지 하게 되었지만, 자활시설에 입소 후 신체적, 정신적으로 안정이 되면서 다시 한번 새 삶을 살기 시작했습니다. 앞으로도 응원

부탁드리며, 다시 용기를 갖게끔 많은 도움 주신 안나의 집 관계자 분들께 진심으로 감사드립니다.

혼자가 아닌 함께

공동생활가정 조○○

어려서부터 혼자였던 저는 학교를 가든 안 가든, 밤 늦게 돌아다니든 말든, 그게 뭐든 상관없이 제가 하고 싶은 대로 살았습니다. 이러한 제 상황을 주위 친구들은 많이 부러워했습니다. 그래서 저도 마냥 즐거운 척하며 지냈지만, 한편으론 불안하고 걱정도 많았습니다. 이렇게 지내던 중 어느 날 친구들과 함께 늦은 시간까지 돌아다니다 경찰서에 가게 되었습니다.

친구들은 부모님들이 찾아와 부모님과 함께 하나둘 집으로 돌아갔고, 결국 저 혼자 남게 되었을 때 저의 상황이 차갑게 피부로 와닿았습니다. '나는 아무도 없구나', '혼자구나', '돌아갈 집조차 없구나.' 이런 저에게 안나의 집에서 먼저 손을 선뜻 건네주었습니다. 16살에 처음으로 쉼터에 입소하게 되었습니다. 그 당시만 해도 저에게 쉼터란 갈 곳 없고 배고픈 사람에게 '의식주'를 제공해주는, 그 이하 그 이상도 아닌 공간이었습니다. 하지만 제 생각이 온전히 잘못되었다는 것을 깨닫게 되었습니다. 내성적이였던 제게 선생님들과 김하종 신부님은 항상 웃으며 친구처럼 먼저 다가와주셨고, 편안한 분위기를 만들어주셨습니다. 또 곱하기 나눗셈도 못하던 제가 쉼터 프로그램를 통해 영어, 수학을 공부하고 다양한 문화체험을 통해 몰랐던 것을 알아가며 많은 것을 배울 수 있도록 해주셨습니다.

학업 의지가 생긴 저에게 선생님들은 진심 어린 조언과 격려를 아끼지 않으시며 검정고시 학원이며 과외 봉사자분들을 연계해주셨고, 그 덕분에 이듬해 중학교, 고등학교 검정고시를 모두 합격할 수 있었습니다. 합격 소식을 전해드린 후 모두 본인 일처럼 함께 기뻐해주시고 보람을 느끼시는 선생님들을 보며 저 또한 저와 같은 처지의 아이들이 바른길로 걸을 수 있도록 해주고 싶다는 생각을 했습니다. 그래서 사회복지사의 꿈을 가지게 되었고, 장안대학교 사회복지학과로 입학하게 되었습니다.

하지만 도중에 저는 퇴소 후 하나뿐인 가족 '재우'가 태어났고, 학업 중단의 위기에 처하게 되었지만, 그럼에도 김하종 신부님은 미울 법한 저에게 또 다시 손을 건내주셨습니다. 재우와 다른 아이들 그리고 선생님들과 함께 지내며 많은 도움 속에서 학업을 무사히 마칠 수 있었고, 지금의 저는 더 이상 혼자가 아닌 재우, 신부님 그리고 안나의 집 모든 가족과 '함께'입니다. 제 삶은 안나의 집에서 새롭게 시작하고 있습니다.

꿈이 있어 행복한 나

성남시중장기청소년쉼터(남자) 이○○

안녕하세요? 이번에 **대학교 연극영화과에 합격한 중장기쉼터 최고의 배우 이○○입니다. 1년 전만 해도 아무런 꿈도 없고 하고 싶은 게 없어서 이렇게 제가 후기를 쓰게 될 줄은 상상도 못했는데, 대학에 합격하고 이런 시간이 주어진 것이 참 신기합니다.

작년 8월 유난히 더웠던 여름, 동갑내기 박○○이 저보고 "꿈의 학교 오디션"을 같이 보자고 권유를 했고, 그때까지 확실한 꿈이 없던 상태에서 오디션을 봤는데, 운 좋게 오디션을 통해 '노래하는 아웃사이더'라는 뮤지컬 버스킹 팀으로 활동할 수 있게 되었습니다. 그때까지만 해도 제가 연기에 관심을 갖게 될 줄은 몰랐습니다. 하지만, 어느 날 중장기쉼터에서 직업체험 프로그램으로 진행하는 연극을 통해 배우라는 직업에 대해 알게 되었고, 무엇인가를 열망하던 마음속에서 배우에 대한 소망이 생기게 되었습니다.

그러나 배우라는 직업이 안정적이지도 않고, 또 아무나 할 수 있는 일이 아니라는 생각이 들었고, 주변 사람들의 시선이 두려워 연기를 하고 싶다고 말할 용기가 없었습니다. 그렇게 오랜 시간 고민하던 중 더 이상 고민만 해서는 안 되겠다 싶어 어느 날 저녁에 멘토 쌤에게 저의 고민을 얘기했습니다. 멘토 쌤은 네가 진정으로 하고 싶은 일이라면 나중에 후회하지 말고 꼭 해보라고 말씀해주셨고, 그 말씀에 용기 내어 연기의 꿈을 말씀을 드릴 수 있었습니다. 이후, 쉼터에서는 연기학원에 다닐 수 있도록 학원을 연결해주셨으며, 계속 열심히 하는 저의 모습을 보시고 많은 응원을 해주셨습니다.

연기 입시를 준비하면서 남들보다 늦게 시작해 따라가기도 바쁘고 힘들어 울기도 많이 했지만, 정말 연기를 사랑했고 이걸 포기한다면 앞으로 아무것도 못할 것 같다는 생각에 다른 사람들보다 더 열심히 하려고 노력했습니다. 비록 가장 가고 싶은 학교는 가지 못했지만, 그래도 저는 배우라는 꿈이 있기에 앞으로도 포기하지 않고 연기를 계속해 대한민국 최고의 배우가 되도록 노력하겠습니다. "간절히 원하면, 반드시 이루어진다"라는 말이 있습니다. 조금은 서툴고 부족하지만, 조금은 늦은 것 같지만, 지금 제겐 꿈이 있어 행복한 시간입니다.

소년 김재현부터 청년 김재현까지

성남시중장기청소년쉼터(남자) 김재현

방황과 혼란을 안고 '안나의 집' 문을 두드린 게 바로 엊그제 같습니다. 벌써 시간이 흐르고 흘러 6년이라는 시간이 지난 지금, 꿈과 희망 그 이상을 안고 감사의 글을 남깁니다. 안나의 집 식구들과 함께한 시간은 제게 있어 평생 잊지 못할 인생의 커다란 전환점이자 행복이었으며, 항상 감사함이라는 마음을 품을 수밖에 없도록 만들어주었던 시간들이었습니다. 그렇기 때문인지 감사의 말을 드리고 싶은 분들이 너무 많습니다!

먼저 바쁘신 가운데에도 365일 일 년 내내 뜨거운 포옹과 더불어 "사랑해"라고 따뜻한 한마디를 건내주시는 김하종 신부님, 군 입대를 앞두고 가족 간의 깊은 사랑에서 나올 법한 격려와 지지로 따뜻한 마음을 담아 편지를 전해주셨던 국장님께 큰 감사를 드립니다.

힘들고 지칠 때, 응원과 지지를 비롯해 암울한 정신에 깊은 용기를 던져주기도 하고, 불타오르는 청소년기의 흔들리는 마음을 다잡아주신 기둥 같은 박주형 소장님께 큰 감사를 드립니다.

뜻대로 되지 않아 의기소침해지고 자신감을 잃을 때, 가까이서 응원해주시며 인생에 있어서 피가 되고 살이 되는 조언과 더불어 세상을 넓게 바라볼 수 있게 해주신 정재용 선생님께 감사드립니다.

모르는 것이 있을 때, 막힘없이 대답해주시며 학업 및 비전 설계에 있어 날카로운 조언과 더불어 자기 자신에게 솔직해지는 법을 깨우치게 해주신 장가람 선생님께 감사드립니다.

선생님들과 함께한 소중한 시간들 덕분에 나는 누구인지 통찰할 수 있었고, 꿈이 무엇인지 고찰할 수 있었고, 나아가 부족한 부분이 무엇이고 어떤 방향으로 나아가야 할지를 알 수 있었습니다. 선생님의 소중한 제자로서 부족함이 없는 사회의 구성원이 될 수 있도록 끊임없이 성장하고 노력하겠습니다. 앞으로도 잘 부탁하고, 감사하고, 사랑합니다.

또한 가족 같은 사람이 있다는 것, 나를 믿어주고 묵묵히 응원해주는 사람이 있다는 것, 그것이 얼마나 큰 힘이 되는지 모릅니다. 그렇기에 제가 안나의 집에서 검정고시를 합격할 수 있었고, 목표로 하는 대학에 입학할 수 있었습니다. 한 발짝 더 나아가 스타트업 청년창업을 통해 디자이너라는 꿈을 증명해보일 수 있는 도전을 할 수 있었고, 각종 분야의 기업체와 기관에서 사업을 받아 수행할 수 있는 신진 스타트업을 이루어낼 수 있었습니다. 이런 꿈을 향한 일련의 과정과 도전들은 안나의 집 식구와 박해선 대표님, 정현숙 교수님, 배성기 선생님 등 여러 고마운 분들의 응원과 격려, 도움에 힘입어 가능했습니다.

그렇기에 항상 감사하고 크나큰 축복을 받았다고 생

각합니다. 이제는 이 축복과 감사함을 저만의 것이 아닌, '나눔과 섬김'을 담아 많은 사람과 공유하고 싶습니다. 제가 갖고 있는 디자인이라는 재능을 통해 보다 따듯한 세상을 만들어나가는 사람, 나와 이웃의 행복과 사랑을 줄 수 있는 그런 사람을 꿈꾸며 앞으로 달려가겠습니다.

이외에도 여기에 미처 적지 못한 많은 분께 감사드립니다. 여러분이 있어 제가 있었고, 저도 여러분께 힘이 될 수 있는 존재가 될 수 있도록 하겠습니다. 다시 한번 감사와 사랑과 축복의 말씀드립니다. 끝으로 저에게 지혜와 명철함을 주시고, 감사함으로 살아갈 수 있게 해주신 하느님 아버지 감사드립니다.

2장

소년의 휘파람

-소년들의 생각, 기록들-

'소년의 휘파람'은 2021년 성남단기청소년쉼터(남자) 청소년들을 대상으로 한 문화창작 프로젝트로 글, 그림, 사진, 시 등 청소년들의 활동을 엮어서 동명의 작품집으로도 펴냈다. 이 글은 그 내용의 일부다.

10년 후 나에게

준수

안녕? 준수야 나는 10년 전 18살의 너야.

너는 잘 지내고 있니? 난 그럭저럭 잘 지내고 있어.

아니 사실 잘 지내고 있지 않아.

솔직히 10년 후에 내가 기억한다면 며칠 전에 안 좋은 일이 있었잖아.

그날 기분은 다른 사람들에게는 괜찮다고 했지만

솔직히 괜찮지 않잖아.

나는 너니까 글로라도, 편지로라도 미래의 나한테 말해주고 싶었어.

힘이나 심리적이나 지금까지의 나는 계속 강한 사람을 동경해왔지만 솔직히 너무 힘들어.

10년 후에 나는 누군가에게 좀 더 어리광을 부려줬으면 좋겠어.
더 이상 과거에 대한 일 가지고 더는 힘들어하지 말고,
네가 좋아하는 일을 하면서 네가 가장 소중하게 지켜야 할 것들을 지키면서 그렇게 살아주면 좋겠어.
그때쯤에 나는 잘할 수 있을 것이라 믿지만
사실 나도 잘 모르겠어.
내가 왜 모르겠다고 하는지는 네가 잘 생각해봐.
기억이 날 수도 있어.
아무튼 미래의 나
10년 후의 나
그때도 잘 살고 있어야 돼? 알겠지? 그럼 이만
쓰고 싶은 게 더 많았어.

2031년 5월 14일
네가 힘들 때 누구보다 이해해주고
널 위해 슬퍼해줄 수 있는 10년 전의 내가

찬우의 이야기

찬우와 요한 쌤의 필담 중에서

12살 찬우가 10살 여동생이랑 통화했다.

동생이 말했다.

"아빠가 그러는데 오빠가 두 달 뒤에 집으로 온대."

찬우는 눈물이 났다. 선생님이 왜 우냐고 물어봤다.

"집에 가기 싫어서요."

"왜 집에 가기 싫은데?"

"아빠가 때려서요."

말을 하지 못하고 서러워 눈물만 흘리는 찬우에게 글로 말을 걸었다.

우린 손으로 대화를 시작했다.

-10년 후엔 넌 뭘 하고 있을 거 같아?

"알바를 하고 있을 거 같아요."

-집에선 누가 기다리고 있을 거 같아?

"공기요."

-아무도 없어?

"네."

-그때 가족은 만날 것 같니?

"아니요."

-아빠도?

"안 만날 것 같아요."

-동생은?

"동생은 만날 것 같아요."

-아… 동생은 만나는구나. 동생은 지금 보고 싶어?

"네. 그냥 보고 싶어요."

-동생이 너한테 잘해줬어?

"네. 게임을 같이 해주었어요."

-너는 어떻게 해줬어.

"반찬을 더 많이 주거나 다치거나 울면 달래주었어요".

-아빠는 어땠어?

"싫었어요."

-아빠 안 봤으면 좋겠어?

"네."

-언제까지?

"2~3년 정도"

-2~3년 이후에는 만날 수 있는 것 같아?

"..."

-찬우야 걱정하지마. 여기 선생님들이 너를 도와줄거야.

"네."

-걱정되니?

"조금이요."

-조금? 왜?

"진짜일 거 같기도 하고 가짜일 것 같아서요."

-선생님도, 경찰도, 많은 사람이 널 지켜줄 거야. 믿을 수 있어?

"네."

-그래, 착하구나.

"감사합니다."

** 한 달 후 찬우는 안나의 집 그룹홈으로 갔고 현재까지 행복하게 지내고 있다.

38살의 나에게

승진

어릴 때 너는 힘들고 친구를 잘못 사귀어
지친 아픔 슬픔이 너의 마음속에 있었을 거고
새아빠가 생긴 후 많은 갈등이 있었을 거라는 거 알아.
그럼에도 열심히 살려고 하는 너의 의지가 강했어.
그래서 쉼터에 잠시 머물다가 네 생각이 바뀌어서
집에 복귀해서 돈을 모아 어머니를 도와주면서 살다가
결혼할 수 있게 되면
열심히 남부럽지 않게 살고 있길 바라.
너의 과거의 힘듦과 지친 모습을 되돌아보면서
앞으로는 힘들어도 괴로워도 아내와 자식을 지켜내는
아빠와 남편이 되길 바라며

잘 지내길 바랄게.
듬직하고 무슨 일이 생기든 이겨내는 승진이가 되어보자.
그리고 그때쯤엔 너의 의지와 정신이 강해져 있을 거라고 생각해.
그동안 열심히 살려는 너의 의지로 견뎌줘서 고맙고 자랑스러운 네가 되길 바랄게.
마지막으로 힘내라는 말을 해줄게.

날개

정훈

언젠간 사람들은 힘든 시간 속에서
혼자만의 시간에 갇혀 있지.
그렇지만 일어나야 하는 순간은 있지.
그래야 삶이 더 나을 테니깐.

이젠 일어나야지.
이젠 달라져야지.
우울한 삶에서 나와야 하지.

변함없는 나의 삶 이제는 불안해 보여.
이제 당당히 나의 꿈을 찾아서

노력할 거야.

이젠 나에게 당당히 성공해서 위로할 거야.

나를 힘들게 한 방황과 세월들

떳떳이 날려버릴 그날을 보며

달릴 거야.

나는 누구인가? 여긴 어디인가?

수한

어쩔 수 없이 주변의 만류에도 불구하고
당일 일당 지급이 가능한 택배 알바를 신청하게 되었다.
나는 누구인가? 또 여긴 어디인가?

낯선 버스에 몸을 싣고 어디론가 이동한다.
이윽고 버스에서 내려 인솔자를 기다린다.
드디어 인솔자가 나를 데리고 작업장소로 이동한다.
인솔자가 나에게 묻는다.
상차해보셨어요?
나는 대답한다. 오늘 처음인데요…
그리고 이어지는 불편하고 어색한 침묵

나는 누구인가? 또 여기인가?

쉴새 없이 돌아가는 레일소리와
물밀듯이 쏟아져 나오는 택배 물건들
그리고 더딘 나의 상차 속도
날카로운 나의 파트너 시선이 더욱더 따갑게 느껴진다.
이 순간만큼은 물건시킨 사람들이 너무 싫고 밉다.
나는 누구인가? 여긴 어디인가?

드디어 일이 끝나고 지친 몸을 이끌고 돌아가는 버스에
몸을 싣는다.
어깨와 다리는 너무 아프고 몸은 만신창이
돌아가는 버스 안에서 떠오르는 해를 보며
나는 생각한다.
나는 누구인가? 여긴 어디인가?

하늘이의 두 번째 편지

하늘

민아 쌤에게

저 하늘이에요. 재판 보고 마지막으로 전화한 것도 엊그제 같은데…

민아 쌤, 벌써 쉼터를 떠난 지 2개월이 좀 넘은 것 같아요.

앞으로 130일 정도 남았는데 여기서만 벌써 50일 흘러갔어요.

여긴 알다시피 충북 제천인데 시골 중에 진짜 완전 깡시골에 있는 곳이거든요.

그래서 눈도 많이 오고 더 추워요.

진짜 앞으로 4개월 보고 더 남은 것 같은데 진짜 너무 답답하기도 하고 미칠 것 같아요.

그래서 쌤하고도 연락을 한번 하고 싶은데 못해서 많이 아쉬워요.
쌤은 잘 지내시죠? 저는 뭐 그럭저럭 잘 지내고 있긴 한데…
아픈 곳 없이 잘 지내고 있어요.
지금 여기도 그렇고 전국적으로 그렇겠지만 코로나 때문에 면회도 안 되고 진짜 미칠 것 같고 답답해요.
진짜 쉼터가 그리워요…
집에서 친구들하고 놀면서 학교 다니는 것보다 쉼터에서 쉼터 형들이랑 있던 게 그리워요.
형들한테 제 안부 좀 부탁드릴게요.
쉼터에 있을 때 있던 사람들 이름도 다 까먹고 쉼터 진짜 재밌었는데 선생님들도 보고 싶어요.
여기서 6월 17일에 나가는 날에 저 반겨주실 거죠? 저 잊으시면 안 돼요.
쉼터에서 부산하고 또 어디 놀러 갈 때마다 진짜 너무나 재미있었고 추억이 많았는데,

나중에 나가서 쉼터에서 놀러 갈 때 저도 불러주세요.
진짜 쉼터 생활이 너무나도 그립고 집보다 편하고 행복했는데…
진짜 쉼터로 되돌아가고 싶어요.
쌤들 다 계시는거죠?
나가는 날에 쉼터 갔는데 저 모르시면 안 돼요!
여기서 2020년을 보냈는데 실감도 안 나고 쉼터에서 내리는 눈과 여기서 내리는 눈은 차원이 다르겠죠?
민아 쌤, 저 남은 4개월 반 동안 열심히 잘 지내고 있을게요.
하늘이 올림

어떤 하루

승현

막막해. 앞으로 무엇을 할지
생각한 대로 안 되어서 많이 힘들었죠.
막막한 그런 마음 알아요.

막막해. 지금 하는 것들 모두
네가 잘하는 걸 찾아보고
네가 좋아하는 것도 찾아봤지만
찾지 못하였죠.

어릴 때 생각한 미래와
현실은 많이 달랐지만

포기하지마.

언제나 그랬듯이 잘 해결할 거야.

지금까지 잘 해결해 왔잖아.

절대 포기하지마.

그대여 정말 힘든 하루였죠.

꿈을 찾아 이리저리 치이기만 한 하루였죠.

꿈꾸던 미래와는 많이 다른 현실에

많이 힘들어하고 지쳐가지만

언젠가 이루어질 그대의 미래

포기하지 않으면 이루어질 거예요.

끝까지 포기하지 말고 노력해요.

내가 그대를 항상 응원할게요.

깨진 가면

환희

혼자일 때만 벗고 다니던
언제나 얼굴 덮던
그 가면

시간에 맞아
세월에 그을려
깨져버린 그 가면

깨진 가면 사이로
내 눈을 쳐다보던
그 시선

그 눈이 왜인지

조용한 그 눈이

따뜻하다

김하종 신부님

수한

김 김이 모락모락 나는 밥을 포장하는 김하종 신부님
하 하루도 빠지지 않고 급식소에서 일하는 김하종 신부님
종 종소리가 울린다.

환영합니다!!!!!!!
맛있게 드세요~~

성남시단기청소년쉼터(남자) ㅌㅇ 작품

에필로그

이민아 상담사

기다림.

쉼터에 있다 보면 꼭 필요한 것.

더디게 느리지만…

아이들은 자란다.

아이들의 마음은 깊어진다.

답답하고 속이 터질 때도 있지만,

순간순간 일렁이는 감동의 파도…

훌쩍 자란 소년을 보며

기다림이라는 것이

얼마나 소년들에게 필요한 것인지
또 한 번 깨닫는 하루

소년들이 편안하게
휘파람을 불 수 있는 날을 고대하며…
이야기를 마칩니다.
모두 평안하시길…

Part 3

가난한 사람들의 종, 김하종 신부

글 | 윤춘호 (SBS 논설위원)

이 글은 2022년 1월 15일자 〈가난한 사람들의 종, 김하종 신부〉라는 제목으로 윤춘호 SBS 논설위원이 진행한 김하종 신부와의 인터뷰 기사다. 기사 원문은 https://news.sbs.co.kr/news/endPage.do?news_id=N1006605532에서 확인할 수 있다.

30년째 이어지는 한 끼의 나눔

길게 줄을 서서 한 끼의 식사를 기다리는 사람들은 대부분이 60대 이상의 노인들이었다. 거의 말이 없었다. 웅성거림 같은 것조차 없었다. 배식이 시작되는 오후 두 시 이전부터 묵묵히 줄을 서서 도시락이 오기를 기다렸고 무표정하게 도시락을 받아 갔다. 지난 7일 찾은 성남 안나의 집 노숙자 급식 장소인 성남성당 앞마당은 아무리 봐도 축제의 현장은 아니었다. 선의는 넘쳐나지만 밝은 기운이 지배하는 곳은 아니었다. 흥분, 활기, 신명 같은 것은 전혀 없었다. 기묘하다 싶은 침묵이 지배하는 성당 마당에서 '안녕하십니까' '환영합니다' '맛있게 드십시오'라고 외치는 이 사람 목소리만 허공에 둥둥 떠 있는 느낌이었다.

모이지 않고 흩어지는 것이 미덕인 시대다. 미덕을 넘어 도덕적 의무, 때로는 법률적 강제가 되기도 한다. 모이면 위험하고 흩어지면 안전하다고 믿는 것이 상식이다. 음식점과 카페를 비롯한 대중 이용 시설의 운영이 제한되고 학교, 체육관 심지어 종교 시설마저 문을 닫았다. 어려운 사람들을 돕기 위해 운영되던 무료급식소들도 속속 운영을 중단했다. 안타깝지만 불가피한 선택이라고 보는 사람이 다수였는데 이 사람 생각은 달랐다. 성남 안나의 집은 이런 상식과 미덕에 도전하고 반발한다.

급식소 운영을 중단해달라는 공무원들의 종용과 압박, '당신이 지금 감염병을 옮기고 확산시키고 있다'는 인근 주민들의 항의 앞에서 번민은 깊었다. 뜻을 같이하던 사람들조차 멀어져 가는 게 느껴졌고 밤이면 악몽에 시달렸다. 식은땀으로 잠자리가 축축해질 때마다 "제가 오만한 짓을 하고 있지는 않은가요? 너무 주제넘지는 않나요?" 절대자에게 묻고 또 물었지만 이 사람 머릿속에 단 한 순간도 급식 중단이란 단어는 없었다. 급식을 받는 노숙자, 독거노인들은 남이 아니라 자신의 가족이기 때문이었다. 이럴 때일수록 잘 먹어야 면역력이 강화되고 그것이 우리 공동체에도 도움이 된다고 믿는다. 밥을 온

라인으로 나눠줄 수는 없는 노릇이었다. 식당에서 식사를 제공하는 대신 도시락으로 바꿨고 마스크 착용과 체온 측정 같은 방역 조치를 강화했다.

:: 코로나 때문에 어려움이 많으시지요. 자료를 보니 지난해는 후원금도 줄었더군요.
"그래도 유지할 수 있었습니다. 후원금은 조금 줄었지만 쌀을 포함한 현물 지원이 늘어서 그렇게 어렵지는 않았습니다. 학교 급식소를 포함해서 문을 닫은 급식소들이 구입했던 물품을 저희에게 보내주기도 했습니다."

그래도 무료 급식 봉사는 위험천만한 일이었다. 봉사자나 급식을 받은 사람 가운데 한 명이라도 코로나 확진자가 나왔다면 급식소 운영을 계속하기는 힘들었을 텐데 지난 2년 동안 확진자가 나오지 않았다.

:: 매일매일이 기적이라고 말씀하셨습니다.

"그렇습니다. 코로나 때문에 단체 봉사 활동은 줄어서 개인 봉사자들에게 의존하고 있습니다. 개인 봉사는 누가, 몇 명이 올지 예상할 수가 없어요. 그런데 지난 2년 동안 단 한 번도 봉사자가 부족한 적이 없었습니다. 그리고 매일 오후 두 시 반이 되면 750명에게 식사를 주는 것은 인간적인 단어로 설명하기 힘든 일입니다. 생각하지 못했던 일, 계획하지 않은 일, 아름다운 일이 너무 많이 생겼습니다."

성남 모란시장 옆에 있는 성당 마당에서 매일 벌어지는 풍경은 그것을 신이 만든 기적이라고 믿는 사람에게는 물론 착한 마음을 가진 인간들의 합작품이라고 믿는 사람에게도 감동적인 모습이다. 이 사람의 판단이 과연 최선이었는지 문제를 제기하는 사람들이 여전히 있고 불안을 호소하는 인근 주민들의 목소리가 완전히 없어진 것도 아니지만 밥을 통해 사람 사이의 인정이 오가고 어떤 어려운 상황에서도 선이 메마르는 일은 없다는 것을 확인할 수 있는 현장이다. 동시에 먹는 일의 엄중함을 일깨우는 우리 사회의 가장 낮은 삶의 현장이기도 하다. 그 현장을 30년째 지키고 있는 사람, 김하종 신부를 만났다.

저를 이 세상에서 가장 낮은 사람 곁으로 보내주십시오

1957년, 이탈리아 피안사노 지방에서 2남 1녀 중 장남으로 태어났다. 아버지는 부지런한 농부였고 어머니는 신앙심이 깊은 분이었다. 어머니는 아이를 갖게 되면 사제로 만들겠다는 기도를 했고 이 사람은 마치 준비된 길을 가듯 신부가 되었다. 어렵고 힘든 사람들과 같이 살겠다는 생각으로 헌신과 봉사를 지향으로 삼는 오블라티 수도원에 들어갔다. 학교 다닐 때부터 꾸준히 봉사활동을 했고 신부가 되기 전 1년 동안 세네갈에서 빈민들과 생활했다. 1987년 사제 서품을 받았고 1990년 오블라티 수도원에서 한국에 파견한 최초의 선교사 자격으로 서울에 왔다. 타고르의 시를 통해 한국을 알았고 동양 철학에 대한 공부를 하기도 했지만 그때까지 한국과는 인연이 없었다. 그 무렵 이 사람에게 한국은 자신의 힘을 필요로 하는 어려운 사람들이 있는 아시아의 먼 나라였을 뿐이다.

한국에 적응하는 것은 힘든 일이었다. 프랑스어, 영어, 그리스어를 배웠지만 한국어는 이 사람에게 외계인의 언어였다. 더구나 난독증 때문에 모국어인 이탈리아어도 읽고 쓰는 일이 어렵던 사람이다. 힘들면 언제나 돌아와도 된다고 말씀하셨던 부모님 생각이 났고 봉사와 섬김의 삶은 한국이 아니라도 이탈리아나 유럽, 아니면 다른 나라에서도 얼마든지 가능할 것이었다. 한국어는 좀처럼 늘지 않고 자신을 이방인으로 보는 싸늘한 시선을 느낄 때마다 고국으로 돌아가고 싶었다. 한국으로 올 때 이 땅에 뼈를 묻겠다고 신 앞에서 다짐했던 것이 아니었다면 버티기 힘들었을 것이다. 한국에 적응하기 위해 독하게 노력했다. 한국에서는 젊은 사람이 수염을 기르는 것이 예절에 어긋나는 것이라는 말을 듣고 두말없이 수염을 밀어버렸다. 하관이 빠른 이 사람에게 턱수염은 잘 어울렸지만 미련을 두지 않았다. 서울에 온 지 며칠 만에 병원을 찾아 장기기증을 약속했다. 병마에 시달리는 사람들에게 생명의 양식을 나눈다는 생각으로 20여 차례 이상 헌혈을 했다. 사후 시신 기증도 서약했다. 죽어서도 한국에 남겠다는 의지의 표현이었다. 고국 이탈리아 음식을 자주 먹으면 고향 생각이 더 날까 봐 이탈리아 음식을 피하기까지 했다.

2015년 특별공로자 자격으로 한국인으로 귀화했다. 빈첸조 보르도(Vincenzo Bordo)라는 이탈리아 이름 대신 성남 김 씨 본관을 창설해서 하느님의 종이라는 뜻으로 하종이라는 이름을 지었다. 멋진 이름을 가진 한국인이지만 모든 한국인이 완전한 한국말을 하는 것은 아니다. 의사소통에 문제가 없긴 했지만 서양인 특유의 어눌한 한국어 발음은 여전하고 특히 어미 처리가 어려워 보였다. 약간의 인터뷰 사례비를 지급하기 위해 본인의 서명과 주소를 써달라고 부탁했다. 몇 자의 글을 쓰는 데 시간이 걸렸다. 한글은 썼다기보다 그렸다는 느낌이 들었다.

1992년부터 성남 신흥동 성당의 보좌신부로 일하면서 성남과 인연을 맺었다. 서툰 우리말로 강론을 준비하는 일이 무엇보다 힘들었다. 준비하는 이 사람도 힘들었겠지만 이 사람 강론을 듣는 신자들도 힘들었을 것이다. 말로 진심을 다 전할 수 없으니 행동으로 진심을 보일 수밖에 없었다. 어려운 사람들을 기다리지 않고 찾아 나섰다. 1993년 〈평화의 집〉 운영을 맡아 독거노인 급식 사업을 시작했다.

의욕적으로 일을 시작했지만 악전고투였다. 주변 사람들이 손 놓고 멀뚱멀뚱 쳐다만 본 것은 아니었지만 매일매일 밥을 해서 사람들에게 먹이는 것은 그것으로는 부족했다. 밥을 지을 쌀이 있어야 했고 밥을 짓고 반찬을 만드는 사람이 있어야 했다. 그것은 한두 사람의 한두 번의 선행으로 해결될 일이 아니었다. 돈을 마련하고 자원봉사할 사람을 모으고 밥을 짓는 일이 온전히 이 사람 몫이었다. 그런 일은 누구도 대신해줄 수 없는 일이었다. 한국에 별다른 인연이 없는 이 사람을 보고 후원하는 사람이 많을 리 없었다.

"안나의 집 시작하고 초기에 경제적으로 많이 힘들었어요. 돈 없고, 아는 사람 없고, 친구 없고……. 후원 부탁하는 팸플릿 들고 아는 사람 한 명 없는 성남 은행동 쪽 공장 지역 돌면서 "저는 누구입니다. 도와주십시오, 도와주십시오" 하면서 오전을 보내고 열두 시에 안나의 집으로 와서 그 당시에 직원 한 명 있었습니다. 둘이서 요리하고 밥 지어서 봉사했어요. 굉장히 힘들었어요. 육체적으로, 경제적으로……"

어느 날 수도회 기도실에서 십자가상 예수에게 손가락질하면서 반말로 퍼부어 댔다.

"'나 도와주지 않으면 내일 문 닫을 거야. 당신이 문제야, 당신이 문제라고.' 그때부터 예수님이 많이 도와주셨어요. 그분이 많이 바쁘셔서 큰 소리로 이야기해야 해요. 협박해야 해요. 아니면 말 잘 안 들어주세요."

1994년부터는 성남과 분당 지역 청소년들을 상대로 한 공부방을 열었다. 청소년들과의 만남은 트럭을 타고 돌아다니며 아이들을 지키는 아지트(아이들을 지키는 트럭) 운동으로 이어졌다. 오전에는 후원금 모으러 다니고 점심부터 저녁까지 밥 짓고 배식하고 밤에는 청소년 공부방을 챙기는 강행군이었다. 그 와중에 잠시라도 틈이 생기면 가방에 빵과 음료를 가득 채워 넣고 다니며 노숙자들에 나눠줬다. 이 사람이 책에 쓴 "뼈가 부서지고 근육이 찢어지는 것 같은 고통, 몽둥이로 두들겨 맞아 온몸이 부서진 느낌"이라고 했던 것은 이 시절을 두고 하는 말이었을 것이다. 1998년 IMF 사태로 노숙자가 급증하자 안나의 집을 열고 급식 대상을 독거노인에서 노숙자로 확대했다. 2006년 안나의 집이 사회복지법인으로 전

환하면서 안정 궤도에 오르기 전까지는 매일매일이 위기였고 고비였다.

'냄새' 나는 사람

직원 52명, 5개 사회복지시설을 둔 사회복지법인 〈안나의 집〉 대표지만 이 사람은 행정가도 아니고 관리자는 더더욱 아니다. 오전부터 주방에서 쌀을 씻고 무채를 썰고 콩나물을 다듬는다. 입으로 일하는 사람이 아니라 손과 발로 일하는 사람이다. 백 마디 말보다 칼질하는 모습 한 장면이 이 사람이 어떻게 살아왔는지를 보여준다.

:: 제가 신부님 출연한 TV프로그램 보니까 칼질을 정말 잘하시더군요.

"앞치마 입고 이런 봉사한 지 30년 됐습니다. 저는 주방에서 일하는 사람입니다. 여기 주방에 들어오면 대표도 아니고 사제도 아니고 그저 봉사자입니다. 지금 코로나 때문에 달라졌지만 원래 안나의 집은 저녁 급식소였습니다. 오후 1시부터 7시까지 요리하고 밥 짓는 게 제 주업입니다."

한국에 파견된 선교사지만 신앙을 입으로 말하지 않는다. 성당이 아니라 주방이 이 사람이 신앙을 선포하는 현장이다. 그래서 이 사람 몸에서는 냄새가 사라질 날이 없다. 한국에서 삶은 냄새에 적응해가는 과정인 동시에 냄새와의 싸움이었다. 1992년 역한 냄새를 풍기는 한 독거노인을 안아주면서 신의 음성을 듣기도 했지만 그런 경험을 한 뒤에도 한 노숙자의 상처가 썩어가면서 나는 악취를 견디지 못하고 토한 적도 있다. 지독한 냄새로 표현되는 가난에 얼마나 익숙해졌는지 궁금했다.

:: 신부님의 한국에서 삶은 냄새와의 싸움이었을 거 같습니다.

"저는 집에 가면 옷 엄청 냄새 나요, 머리부터……. 오후 1시부터 7시까지 주방 안에 있어서 요리 냄새 엄청 나요. 빨래해야 하고 샤워해야 하고. 이 생활이 제 생활이고 노숙인과 함께하는 것이 제 생활이에요. 냄새 나는 것 이상하지 않아요."

:: 그런 냄새에 익숙해지셨습니까.

"익숙한 것보다 이분들은 노숙인 아니고 내 가족이다, 가족으로 보기 때문에 냄새 나쁘다고 생각하지 않아요. 불편하지 않아요. 겨울에 샤워하지 못하고 잠바 두세 개 겹쳐 입고 땀이 나면 냄새 많이 나요. 괜찮아요. 한순간 느낄 수 있지만 그렇구나 생각해요. 누구든지 부모님 편찮으시고 조금 냄새나면 당연하게 아들로서 돌보고 씻기고 도와줘야 하고……. 마찬가집니다. 가족입니다."

밥을 나누는 것 말고도 이 사람이 하는 일은 많다. 그중에 하나가 사망한 무연고 노숙자 장례식을 치러주는 일이다. 무연고 노숙자가 사망하면 자신에게 연락해달라고 성남시 관내 유관 기관에 부탁해뒀다. 아무도 돌보지 않는 사람의 마지막 가는 길을 이 사람이 돌본다. 평상시에는 낡은 청바지에 주로 티셔츠를 입지만 무연고 노숙자의 장례식에 갈 때는 가장 좋은 신부 복장을 하고 간다. 가장 초라하게 죽은 사람이지만 가장 엄숙하고 존귀하게 마지막 가는 길을 배웅하기 위해서라고 했다. 이 말을 하면서 이 사람 눈자위가 갑자기 벌게졌다. 남의 고통을 직관적으로 느낀다는 이 사람 말이 허언이 아니었다.

어떤 힘이 이 사람을 버티게 했을까

약간 톤이 높은 목소리는 쨍쨍했고 발걸음은 늘 남들보다 반보 앞서 걷는 사람처럼 빨랐다. 배식 현장에서 등산화를 신고 분초를 다투며 사는 사람처럼 날쌔게 움직였다. 올해 66살, 여전히 활기차고 건강하게 보였지만 이제는 건강과도 싸울 나이다. 2016년 미사 중에 의식을 잃고 쓰러진 적이 있고 등산을 좋아했지만, 이제는 무릎이 안 좋아 산과는 거리를 두고 산다. 위장에도 문제가 있어 소식을 하고 그 좋아하던 커피도 입에 대지 않는다. 3~4년 사이 부쩍 나이 들었다고 했다. 치렁치렁한 머리가 이 사람 트레이드 마크지만 유심히 보니 머리숱이 헤성헤성했고 회색빛을 숨기지 못했다. 2018년 완공된 안나의 집을 신축하는 과정에서 마음 고생, 몸 고생을 했고 그 직후에 코로나가 닥쳤으니 나이 들 만도 하다는 생각이 들었다.

자신을 이방인이라는 말로 표현했다. 이제는 자신의 외양을 두고 뭐라 하는 사람은 거의 없다지만 1990년 초반 이 사람은 어디를 가도 눈길을 끄는 우리말 서투른 서양 사람이었다. 환대하는 사람도 적지 않았지만 차별과 소외를 느끼는 일이 더 잦았다.

"저는 한국 사람이지만 그냥 한국 사람 아니고 이태리 떠난 지 30년 돼서 지금 이태리 가도 이태리 사람 아닙니다. 다른 나라예요. 이태리 사람 아니고 한국 사람 되고 싶지만 한국 사람도 아니에요. 노력하지만 사고방식이나 말이 한국 사람처럼 살지 못해요. 그게 사실이에요. 인정해야 돼요. 이것도 아니고 저것도 아닌 중간에 있어요."

이 사람에 대한 적잖은 기록을 살펴봤지만 친구에 대한 언급은 거의 찾아볼 수 없었다. 수많은 사람들이 최고의 표현을 아끼지 않으며 찬사를 보내고 존경을 표시하지만 '나의 친구 하종'이라고 이 사람을 부르는 사람은 거의 없다.

:: 신부님 쓰신 책에는 후원자나 봉사자에 대한 이야기는 많이 있지만 친구에 대한 이야기는 별로 없더군요.
"친구들이 많지 않다기보다…… 저를 사랑하고 도와주시는 분들은 굉장히 많습니다. 제 생활이 아침부터 밤까지 바빠서 친구들을 사귈 그럴 시간이 없습니다."

자신을 위해 쓰는 시간은 거의 없다. 새벽에 일어나 기도하고 묵상하는 시간, 일요일 자전거를 타고 한강변을 달리는 시간 말고는 모든 시간이 다른 사람을 위한 시간이다. 이 사람에게 난독증은 평생을 따라다니는 반갑지 않은 친구다. 암기는 물론 집중력과 이해력이 떨어져서 고등학교 때까지 심한 열등감에 시달렸다. 친구들이 한 시간이면 해낼 과제를 이 사람은 두 시간 세 시간이 걸렸다.

"학생 때 '나는 바보다. 나는 부족하다. 나는 다른 아이들과 다르다' 그런 생각 많이 했어요. 열등감 굉장히 심했습니다. 사실은 아직까지 자존감, 자신감이 낮아요."

:: 지금도 난독증이라는 장애가 있으신 거죠.

우선 난독증은 장애가 아니라며 질문을 바로잡은 뒤에 말을 이어갔다.

"난독증은 태어날 때부터 뇌 자체가 다른 식으로 일하는 것입니다. 머릿속에 다른 프로그램이 있는 것입니다. 저 같은 사람들에게 다른 사람 가르치 듯하면 안 통해요. 어려워요. 읽기, 쓰기, 외우기가 아직까지 힘들어요."

난독증으로 고생을 많이 했기 때문에 고통받는 사람의 마음을 쉽게, 가깝게 느낀다고 했다. 난독증 덕분에 소수자의 정서를 잘 이해한다는 것이다.

기쁠 때도 많았지만 외로울 때는 더 많았고, 자주 포기하고 싶었고, 무조건적인 사랑이 폭력으로 돌아오는 일도 적지 않았다. 다른 사람의 선행을 당연한 자신들의 권리로 받아들이는 사람들은 여전히 많다. 아름다운 일을 한다고 해서 아름다운 일만 벌어지는 것 역시 아니다. 어떤 힘이 당신을 지금까지 버티고 여기까지 오게 했는지 물었다.

1993년 평화의 집 시절부터 이 사람과 함께하고 있는 오현숙 안나의 집 사무국장을 비롯해 10년 이상 같이하고 있는 직원들과 동료, 후원자들이 우선 큰 힘이다. 호암상을 비롯해 올해 만해대상, 2019년 국민훈장 동백장을 비롯한 적지 않은 상과 훈장을 받을 때마다 그 공을 직원과 후원자들에게 돌렸다.

"저는 부족한 거 많아요. 저보다 훌륭하신 분, 잘하신 분 많아서 상을 받을 때 부담 느끼고 자격이 없다고 생각합니다. 제가 상을 받을 이유는 단 한 가집니다. 우리 직원들이 잘하기 때문입니다. 저는 대표라서 앞에 나서긴 하지만 상은 우리 직원들, 후원자들에게 줘야 합니다."

경기도 성남시 모란시장 옆에서 매일 벌어지는 아름다운 일이 이 사람을 주어로 해서 묘사되지만 이 사람이 모든 것을 다 한 것은 아니다. 지금까지 13만 명이 넘는 자원봉사자들이 안나의 집에서 귀한 땀을 흘렸고 더 많은 사람들이 이 단체에 후원금을 보냈다. 그런 사람들이 있었기에 지금까지 250만 명이 여기에서 한 끼의 식사를 해결했다. 여기에서 온기가 담긴 한 끼의 식사를 대접받고 새로 살아갈 힘을 얻은 사람이 한둘이 아니고, 받은 것의 열 배 백 배로 다른 사람에게 돌려준 사람들도 많다. 이런 사람들이 있어 험하고 힘든 시절을 버틴 것이다.

한국 생활 초기 부모와 남동생과 여동생은 이 사람의 가장 큰 후원자였다. "예수가 없으면 형의 인생은 미친 것"이라고 말하는 남동생은 성당에도 잘 나가지 않지만 변함없는 후원자이자 이 사람이 언제든지 속내를 털어놓는 친구 같은 존재다. 가족에 대한 애정은 각별했다. 가족의 가치를 중요시하는 이탈리아 사람답다. 매일 어머니와 통화를 하고 남동생, 여동생과도 자주 연락을 주고받는다. 사제라면 세속의 인연을 멀리하지 않을까 싶은데 자신의 뿌리를 잊지 않는다. 그 뿌리를 통해 힘을 얻고 그 뿌리에 때로는 기대기도 한다. 인터뷰 중에 이탈리아에 있는 노모와 전화 통화를 했다. 그 전날 통화할 때 어머니가 열이 높아서 혹시 코로나에 감염된 것은 아닌지 걱정했는데 다행히 음성으로 판정이 나왔다는 말을 하면서 눈물을 글썽거렸다.

단순하게 핵심에만 집중하며 살려고 한다. 이 역시 자신을 지키려는 본능적인 노력으로 보였다. 다른 사람들에게 감정을 숨기지 않는다. 솔직하게 말한다. 피곤하면 '나 피곤해'라고 말하고 불쾌하면 불쾌하다고 말한다. 속마음과 다른 얼굴을 보여줄 필요를 느끼지 않고 다른 이미지를 만들어내려고 하지 않는다. '나는 김하종 신부다'라는 게 이 사람이 다른 사람에게 보여주는 전부다. 봉사활동 하는 사람에게 '맘에 안 들면 하지 마세요. 마음에 들면 하세요'라는 태도다. 매달리지 않는 것이다. 코로나가 두려워 약속한 봉사활동을 할 수 없다고 말하는 사람에게는 '나도 두렵기는 마찬가집니다'라고 말한다. 다만 이 말을 입 밖으로 내지는 않는다고 했다.

무엇보다 이 사람을 붙잡아준 것은 이 사람이 믿는 절대자의 존재다. 때로는 이 사람 역시 의심스럽기도 하고 하느님이 계시다면 왜 코로나 같은 것이 생겨 가장 약한 사람들에게 고통을 주는지, 왜 선한 주님이 지금의 어려움을 단숨에 해결하지 않는 것인지 묻기도 한다. 이 부분은 말로 온전히 설명하기 어려웠는지 자신이 페이스북에 쓴 글을 보여주었다.

:: 왜 주님은 천국에서 내려오지 않으시며, 왜 코로나의 혼란으로부터 우리를 구해주지 않으십니까.
"나 역시 많이 울었다. 나는 고통과 문제들을 네가 상상하는 것처럼 마법처럼 없애주고 있지는 않다. 왜냐하면 마법을 쓰는 것은 내 방식이 아니기 때문이야. 하지만 난 너와 함께 걷고 있고 언제나 너의 곁을 지키고 있단다." <김하종 신부 페이스북 글 중에서>

책임은 내려놓고 순수한 봉사자로 남고 싶습니다

따뜻한 온기를 맨 밑바닥에서 전달하는 '의로운 이웃'이지만 볼 때마다 우리를 부끄럽게 만드는 '푸른 눈의 이방인'이기도 하다. 빈첸조 보르도라는 이탈리아 출신 선교사의 존재는 불편하고 거북한 존재일 수 있다. 한국 사회의 약하고 아프고 부끄러운 부분을 가장 잘 알고 있는 사람이기 때문이다. 같은 한국 사람들도 보기를 꺼려하고 외면하려 드는 어두운 구석을 이 사람이 30년째 지키고 있다. 이 사람의 방법이 근본 치료는 아니지만 가장 급한 응급 처방을 이 사람에게 맡겨 두고 있는 것이다. 여기에서 도시락을 받아 가는 사람들 가운데 약 70%는 하루에 한 끼로 연명하는 사람들이라는 이 사람 말을 들으면 선진국 입성을 자축하기는 이르다는 생각이 든다.

이제는 이탈리아에 가도 한국에 돌아오고 싶어 안달을 하는 사람이다. 2002년 월드컵 16강전에서 한국과 이탈리아가 맞붙었을 때 한국을 응원했을 만큼 한국을 사랑한다. 그러나 국경과 민족, 인종이라는 족쇄에 묶여 있는 사람은 아니다. 한국이 아니라 다른 외국에 갔더라도, 고국 이탈리아에서 활동했더라도 지금 같은 삶을 살았을 사람이다. 세네갈에서 1년간 빈민들과 함께 살면서 봉사 활동을 했고 한국에 온 필리핀 사람들을 위해 일부러 타갈로그어를 익혀 필리핀 사람들과 함께 미사를 드리기도 했다. 지난 30년 동안 한국 사회의 변화 가운데 가장 긍정적인 것을 묻자 제일 먼저 한국 사회 특유의 '우리끼리' 문화가 약해진 것을 들었다. 한국인들 마음이 세계로 열렸다는 것이다. 온 인류가 한 가족이라는 신념을 갖고 있는 사람에게 가장 반가운 변화인 것이다. 한국 사회에 적응하는 과정에서 마음 고생이 심했다는 말로도 들렸다.

:: 포기하고 싶은 때는 없었습니까.

"그런 생각 많이 있었습니다. 피곤하고 화도 나고 불만이 생기고……. 그럴 때는 기도하고 샤워하고 자고 아침에 일어나면 다시 하는 거죠. 그래도 책임감으로 합니다. 사랑으로 하는 거고 좋아서 하는 일입니다."

:: 언제까지 하시고 싶으세요.

"저는 안나의 집 대표는 그만두고 싶지만 봉사자로서는 계속 일하고 싶어요. 책임 없이 순수한 봉사를 하고 싶어요. 다른 분을 제 자리에 올리고 저는 내려가서 계속해서 봉사자로서 허락해줄 때까지 봉사하고 싶어요."

:: 이런 삶을 통해 뭘 얻고 깨달으셨습니까.

"먼 하늘나라에 거룩하게 계시는 전능하신 하느님이 아니라 가난한 사람들의 일상에 함께하는 하느님을 매일 만날 수 있고 느낄 수 있었습니다. 제가 만나는 분들 통해서 그걸 배웠습니다."

:: 저 같은 일반적인 사람들이 신부님처럼 살 수는 없지 않겠습니까.

"저는 신부로서 봉사하면서 잘해야 하고 운동선수는 운동을 잘해야 합니다. 사람마다 자기 탤런트 있어서 그런 재능에 따라 살아야 합니다. 모든 사람이 저처럼 살면 사회 재미없습니다. 사람마다 자기 갈 길이 다 있습니다. 자기 재능에 따라 살면 행복하고, 사회 아름답게 만들 수 있습니다."

:: 이런 생활이 기쁘십니까.

"네. 행복합니다."

:: 진짜로 행복하세요?

"네. 제 생활 만족하고 마음 안에 평화 느끼고 행복해요."

:: 외롭지는 않으세요.

"당연히 가끔씩 외로움도 느껴요. 당연하게 외로움 느끼는 순간도 있고……. 행복한데…… 뭐랄까요. 항상 그렇게 사는 것은 아니고 왔다 갔다 하지만 그런 방향으로 제 생활 돌아가고 있습니다."

:: 스스로 부끄러울 때도 있습니까.

"오, 당연히…… 실수 많이 하고…… 한 달에 한 번 지도 신부 찾아가서 고해성사를 봅니다. 부족한 거, 잘못한 거 고백하고 예수님께 용서해달라고, 도와 달라고 고백합니다."

:: 신부님도 용서를 청할 일이 많습니까.

"당연하죠. 전 인간이에요. 부족한 거 많고 어떤 때는 일하면서 긴장해서 불친절하고, 나쁘게 이야기하고. 어떤 날은 다른 사람들에게 상처 주고 그럽니다. 인간이라서……."

말이 행동을 따라가지 못하는 어려운 사람들의 종

후원금도 줄고 자원봉사자도 줄었지만 급식을 받는 사람은 지난해 3만 명이 늘었다. 다른 급식소가 문을 닫으니 안나의 집으로 몰리는 것이다. 먹여야 될 사람은 늘었는데 후원금이 줄고 봉사할 사람이 줄었으니 부담이 커지는 것은 당연한 이치다. 이 사람은 물론이고 안나의 집 관계자들이 한결같은 목소리로 죽는소리(?)를 할 것이라고 생각했는데 그런 소리를 들을 수가 없었다. 750명을 먹이려면 하루에 쌀 160킬로그램이 필요한데 아무리 어려워도 쌀이 떨어지는 일은 없고 영 일손이 달리면 다른 직원들이 나서면 된다는 것이다. 그런 면에서는 이 사람과 마찬가지로 안나의 집 다른 직원들도 무모하고 대책 없는 낙관주의자들이었다. 어려운 사람들 밥 먹이는 일은 사람이 하는 일이 아니라 주님이 하는 일이라고 믿는 것이다.

성경책을 포함한 책 몇 권, 세네갈에서 선물 받은 성모상, 사제가 될 때 부모님에게 받은 시계와 목걸이, 그리고 옷 몇 벌이 이 사람이 가진 것의 전부다. 2015년 호암상 상금 3억 원을 안나의 집 신축 자금으로 쓴 것을 포함해 외부 상금은 모두 안나의 집에 보낸다. 안나의 집에서 교통비로 한 달에 60만 원을 받는다. 올해 88살이 된 이탈리아의 혼자 계신 노모에게 얼마라도 용돈을 보내드리고 싶지 않을까 싶었는데 도리어 아직도 어머니, 형제들에게 후원을 받고 있다.

열 줄로 말할 수 있는 것, 열 줄의 말이 나와야 될 대목에서도 이 사람은 두어 줄의 대답에 그치는 경우가 많았다. 정치, 종교, 영성 같은 깊이 있는 대화를 한국어로 나누는 것은 이 사람에게 쉬운 일이 아니기도 했지만 안 좋은 이야기는 입에 올리기를 원하지 않고 자랑은 숨기고 싶어 했다. 인터뷰 시간이 세 시간은 되겠거니 생각하고 갔는데 두 시간도 못 돼 질문거리가 떨어졌다. 질문이 부족했다기보다 답변이 짧았다. 대부분의 사람은 행동이 말을 따라가지 못한다. 그런데 이 사람은 행동의 무게를 말이 따라가지 못하고, 생각의 깊이를 글이 따라가지 못한다.

2020년 말 코로나와의 싸움을 일기 형식으로 정리한 《순간의 두려움 매일의 기적》이라는 책을 낸 데 이어 지난해 말 《사랑이 밥 먹여준다》라는 제목의 자서전을 또

냈다. 이 사람이 이탈리어나 영어로 쓴 메모와 자료, 구술을 한국 동료들이 한글로 받아 적고 번역하고 다듬어서 책이 나왔다. 동료들에게 폐를 끼치고 자신에게도 버거운 일을 마다하지 않은 것은 작게는 코로나 시대 자신이 왜 '안나의 집' 급식 활동을 계속해야 했는지를 설명하고, 자신이 살아온 인생을 다른 사람들에게 정확하게 알리고 싶은 마음도 있었을 것이다.

영어나 이탈리아어로 시를 쓴다. 한글로 쓰고 싶은 마음이 굴뚝 같을 것이다. 가끔 썰렁한 유머를 던져 좌중을 얼어붙게 하는 재주가 있다. 모국어인 이탈리아어로 말할 때 사람이 전혀 달라 보인다. 활기차고 경쾌하고 무엇보다 자유로워 보인다. 난독증의 감옥, 그로 인한 언어의 감옥에 갇혀 있고 그래서 자신이 가지고 있는 철학과 고민을 우리들과 제대로 나누지 못하고 있다는 생각이 들기도 했다.

이 사람을 만나러 가는 길이 마냥 설레었던 것은 아니다. 살아온 이력과 자료를 보면 거의 살아 있는 성자 같은 사람인데 막상 얼굴을 대하고 보면 실망스럽지 않을까 하는 두려움이 있었다. 이렇게 살아온 사람을 단 몇 줄의 글로 평가하는 것이 주제넘은 짓이기도 하다. 만나기 전 자료를 볼 때, 이 사람을 만나 대화를 나눌 때, 그리고 며칠 동안 끙끙거리며 이 글을 쓸 때도 이 사람에게 다른 얼굴이 있는 것은 아닐까 끊임없이 의심했다. 그래도 보고 느낀 대로만 말하자면 이 사람이야말로 신실한 하느님의 종이자, 가난한 사람들의 종이라는 것이다.

안나의 집 25년의 기록

안나의 집은 사회복지법인으로 거리의 청소년, 취약계층의 홀몸노인, 노숙인, 가족에게 버림받은 이들을 위해 헌신하고 있습니다.

1993년에 '평화의 집'을 시작으로 저희는 돌보는 데 없고 의지할 곳 없는 외로운 노인들에게 손을 내밀었습니다. 그들에게 매일 점심 식사뿐만 아니라 전인적 지원을 제공하고 있었습니다. 그 후 1998년 거리의 청소년과 노숙인을 위해 안나의 집 활동을 시작했습니다.

안나의 집은 인간의 가장 기본적인 음식, 옷, 약과 같은 의식주를 해결하기 위해 전념하고 있으며 또한 법률 상담 및 심리 상담, 안전한 숙소를 제공함으로써 현실 속 어려움에 근본적인 원인을 해결하는 지원을 하고 있습니다.

안나의 집은 여러 산하 시설로 나뉘어 각자의 영역에서 활동을 수행하고 있습니다.

1 안나의 집은 대부분 심각한 문제를 가지게 되어 거리를 떠다니는 노숙인, 독거노인들에게 월요일부터 토요일까지 매일 약 450~500명(이용자 중 약 70%가 하루에 한 끼를 먹는다)이 오는 무료급식소(오후 4:30~7:00까지)을 운영하고 있습니다. 식사와 함께 매년 12월 추운 날씨를 대비해 동절기 물품(점퍼, 침낭, 내의 등)을 제공하며 그 밖에 옷 나눔, 이미용, 샤워 등 위생을 돕는 서비스도 제공합니다. 안나의 집 2층에서는 법률 자문, 진료소, 중독 예방 교육(술과 도박), 취업 상담, 교육 등 다양한 봉사를 진

행하고 있습니다.

[2013.07.01~2023.05.31]

식수 인원	봉사자	내과	치과	정신과	통증 치료
2,936,837명	155,723명	20,905명	1,060명	6,802명	7,471명
이미용	취업 상담	미술 치료	법률 상담	인문학	옷 나눔
37,466명	5,454명	2,717명	747명	5,915명	121,800명

건물 3층과 4층에서는 '노숙인 자활시설'이 있습니다. 그곳 쉼터에서 현재 서른 명의 노숙인들이 생활하고 있습니다. 아웃리치를 통해 거리로 나아가 직접 노숙인들을 만나서 앞으로 그들이 사회로 자립할 수 있도록 새로운 삶을 시작할 수 있는 일자리(매월 약 150만~200만 원)를 제공하고 있습니다. "교육이 생명을 구한다"는 이야기가 있습니다. 기본적인 문제해결 외에도 음악치료, 미술치료, 스포츠치료를 통해 그들이 사회로 다시 나아가게 되었을 때 개인의 가치와 존엄성을 가질 수 있도록 노력하고 있습니다.

시설명	설립일	입소정원	실인원	입소연인원	비고
노숙인 자활시설	2013.07.01	30명	707명	69,516명	2013.07.01~ 2023.05.31

※ 노숙인 리스타트 사업단 : 정원 14명 / 연 인원 24,405명(2012.12.01~현재)
※ 노숙인 무료급식소 : 2,936,837명

2 안나의 집 주 사업이 노숙인 시설로 알려져 있지만 노숙인들을 위한 지원금 30%, 청소년들 위한 지원금 70%로 위기청소년 사업 비중이 더 크며, 양육이 어려운 어린아이들과 가출 청소년들을 위한 6개의 산하

시설도 함께 운영하고 있습니다

a. 부모의 방임, 학대 등 여러 이유로 양육이 어려운 아이들이 만 24세가 될 때까지 생활하는 '공동생활가정(그룹홈)'을 운영하고 있습니다. 아이들은 모두 각자의 자리에서 학업을 하고 있으며, 아동의 교육과 심리, 정서에 도움을 주고자 노력하고 있습니다.

시설명	설립일	입소정원	실인원	입소연인원	비고
공동생활 가정	2005.07.01	7명	130명	38,147명	2005.07.01~ 2023.05.31

b. 가정을 나와 거리에 방황하는 청소년들을 위한 '청소년단기쉼터(푸르미)' 시설이 있습니다. 이곳에서 청소년들은 1년 정도 머물 수 있으며, 전문자격을 갖춘 담당 사회복지사가 교육프로그램과 심리 상담, 집단치료를 통해 그들의 요구사항을 면밀히 모니터링하고 이해하는 데 도움을 주고 있습니다. 이 시설의 목표는 가족을 떠난 청소년들이 개인의 문제를 해결하고 부모의 곁으로 돌아갈 수 있도록 도움을 주는 것입니다.

시설명	설립일	입소정원	실인원	입소연인원	비고
성남시 남자 단기 청소년쉼터	2006.07.01	15명	1,945명	70,018명	2006.07.01~ 2023.05.31

c. 푸르미 입소 기간이 끝나고 여러 가지 이유로 아이들이 가정으로 돌아갈 수 없을 때, 그들은 '청소년중장기쉼터'(정원 10명)에 입소하게 됩니다. 이곳에서 청소년들은 자신의 적성에 맞는 학업을 찾아가거나

다양한 대학에 접근할 수 있는 환경을 제공받을 수 있습니다. 담당 사회복지사들은 입소한 청소년들이 만 24세가 되면 이 시설를 떠나 직장에 취업할 수 있도록 도움을 주고 있습니다.

시설명	설립일	입소정원	실인원	입소연인원	비고
성남시 중장기쉼터 (남자)	2011.10.01	10명	163명	37,659명	2011.10.01~ 2023.05.31

d. 청소년쉼터에 퇴소한 청소년들이 사회로 나아가게 되면, 두 가지 다른 지원 사업과 사례관리를 받게 됩니다. 첫 번째는 '청소년자립지원관'입니다. 서른 명의 청소년들이 쉼터 퇴소 후 자립을 위해 사례관리를 받으며, 그중 다섯 명의 남자 청소년이 머물 수 있는 생활관이 있습니다. 이 시설에서는 매월 2회 정기적으로 청년들이 필요할 때 심리 상담과 재정지원(월 20~30만 원)을 통해 청년들의 새로운 출발을 지원하고 있습니다. 쉼터 시설을 떠나 사회에 진출한 청년들이지만 그들을 위한 꾸준한 관리와 도움을 주고 있습니다.

시설명	설립일	입소정원	실인원	입소연인원	비고
성남시 청소년 자립지원관	2019.12.02	32명	130명	22,166명	2019.12~ 2023.06 기준

e. 사회로 진출한 청년들이 주거 공간을 찾는 데 많은 시간과 어려움을 가질 수도 있습니다. 이를 해소하기 위해 재정지원과 함께 '쉐어하우스'(정원 11명)에서는 무료로 거주할 수 있는 여자 숙소가 3곳 있습니다. 이곳에 아이들은 거주할 공간을 찾을 수 있을 때까지 사용한 공

공요금만 지불하며 생활할 수 있습니다.

f. 한국에서는 노숙인 10만 명과 가정 밖 청소년 39만 명이 있습니다. 이러한 공식적인 정부 통계에 따르면, 청소년들의 문제는 거리의 노숙인보다 훨씬 더 심각합니다. 이 문제에 대응하기 위해 '아지트 AZIT(아이들을지켜주는트럭)를 구성하였습니다. 오후 4시부터 밤 11시까지 가출 청소년을 찾아 시내 거리를 달리는 버스입니다. "거리의 청소년이 먼저 우리에게 찾아오지 않는다. 우리가 먼저 그들이 사는 곳으로 간다"가 아지트의 좌우명입니다. 버스 1대와 텐트 2개, 테이블 3대를 준비하고 그 안에서 먹거리, 법률 상담, 의료, 심리 상담, 게임으로 길에서 만나는 아이들을 환영하며, 아집사(아지트집중사례)를 통해 약 10명의 위기청소년을 관리하고 있습니다. 도시의 어둡고 위험한 거리에서 표류하는 청소년들을 향해 가정과 아지트의 교각 역할로 접근하는 아웃리치 방법입니다.

시설명	개소일	이용인원 (실인원)	이용인원 (패트롤포함)	비고
이동형아웃리치 "아지트"	2015.07.09	114,872명	217,238명	2015.07.09~ 2023.05.31

g. '물품전달'과 '랜선아지트'는 후속 프로그램으로 시설 퇴소자와 가정에서 어려운 생활을 하는 청소년들을 위해 이루어집니다 '아르릉'을 통해 25명의 청소년들을 만나며 40명의 안나의 집 시설퇴소자들을 만나 음식꾸러미와 생필품을 전달합니다. 또한 아지트 비대면 프로그램인 유튜브 콘텐츠, 페이스북 라이브 방송, 카카오플러스 채널 1:1

상담으로 지속적으로 소통할 수 있도록 노력하고 있습니다. 이들이 어려운 바깥세상에 적응하기 쉽지 않은 만큼 계속 움직일 수 있도록 격려하는 방법이며, 이 도움의 손길로 힘을 얻어 어려움을 극복할 수 있는 기회를 주고 있습니다.

h. 한국에는 두 개의 주요 명절 '설날과 추석'이 있습니다. 이 두 명절은 온 가족이 함께 기뻐하고, 먹고, 축하하기 위해 모이는 명절입니다. 하지만 가족으로부터 거부당하거나 버림받은 이들에게 가장 슬픈 날이자 외로움으로 가득 찬 날이기도 합니다. 이러한 명절이 되면 안나의 집 김하종 신부님과 함께 시설을 퇴소한 청소년들을 점심식사에 초대합니다. 이들은 다양한 시설에서 퇴소해 사회생활을 하고 있는 청년들입니다. 이 만남은 청년들에게 뻗은 손이며 다음과 같은 메시지입니다.
"당신은 안나의 집을 떠나 새로운 여행을 시작할 준비가 되었지만, 당신은 언제나 안나의 집 가족입니다. 언제든 찾을 수 있도록 문은 항상 열려 있습니다. 여기는 안나의 집이고, 우리는 언제나 한 가족입니다."

옮긴이 김세희

방송작가. 고려대학교 국어교육과를 졸업하고, 휴먼다큐멘터리 작가로 방송활동을 시작했다. 다큐 《미인》으로 제2회 케이블TV방송대상을, 휴먼다큐 《희망》으로 문화체육관광부 장관상을 수상했다. 김하종 신부의 자서전《사랑이 밥 먹여준다》 출간 작업에 도움을 주었고, 현재 광화문에 있는 뉴스룸에서 작업 중이다.

오늘 하루도 선물입니다

초판 1쇄 발행 2023년 9월 1일

지은이 김하종
옮긴이 김세희
펴낸이 이혜경

펴낸곳 니케북스
출판등록 2014년 4월 7일 제300-2014-102호
주소 서울시 종로구 새문안로 92 광화문 오피시아 1717호
전화 (02) 735-9515~6
팩스 (02) 6499-9518
전자우편 nikebooks@naver.com
블로그 nikebooks.co.kr
페이스북 www.facebook.com/nikebooks
인스타그램 www.instagram.com/nike_books

ISBN 979-11-89722-78-4 (03810)

책값은 뒤표지에 있습니다.
잘못된 책은 구입한 서점에서 바꿔 드립니다.